花人始末

恋あさがお

和田はつ子

幻冬舎時代小説文庫

花人始末

恋あさがお

目次

第一話　恋あさがお

1

　入谷《いりや》で催される朝顔の花合せ（品評会）が近い。夏の早朝、まだ夜が明けきらぬ薄闇の中、八丁堀の七軒町で花屋花仙《かせん》を商う花恵《はなえ》は、染井《そめい》一帯を束ねている肝煎《きもいり》である父茂《も》三郎《さぶろう》の野太い声で目覚めた。

「花恵、花恵」

　急いで起きて身仕舞いをして迎えると、

「咲いたと報《しら》せがあったんで、ここの〝役者〟と〝源氏〟を観に来たぞ」

　走ってきたのだろう、茂三郎は息を切らしている。

——おとっつぁんたら、いい年齢《とし》をして朝から走り通してきたのね。草木のこととなると、特に朝顔だとこうも子どもみたいに夢中になるんだから。もう、仕様がない——

「まあ、一息ついて」

花恵は茂三郎を縁側に案内して、冷たい井戸水を湯呑で振る舞った。

朝顔の苗は安価なので多くの人たちが朝顔を育てて愛でるようになり、市中ではこの時季、大きな花が華麗な大輪朝顔や、花や葉等が江戸菊のようにさまざまな形に変化した変化朝顔が育てられている。まさに秋の菊にも劣らない朝顔の百花繚乱であった。

〝役者〟と〝源氏〟も共に茂三郎が咲かせてきた朝顔の名であった。かつて朝顔名人の一人だった染井の植木職瀬川春之助《せがわはるのすけ》が茂三郎を見込んで伝承を託した変化種なのである。元々の朝顔の姿からかけ離れて、鋭い花弁が密集していたり、重なったりしている最新の変化朝顔を茂三郎は変化朝顔の正統とは認めていない。「せいぜい花の形の変化は桜か桔梗《ききょう》までだ。あれらは下品な幽霊朝顔、化け物だよ」と言って憚《はばか》らなかった。

そんなわけで茂三郎から受け継いだ〝役者〟と〝源氏〟はどちらも朝顔らしい筒型で、〝役者〟の方はやや大きめなこと以外、普通の朝顔なのだが薄い柿茶色が秀逸だった。舞台でこの色の羽織を纏《まと》う役者は千両役者の超美形に限られていたので、〝役者〟朝顔をもとめる女客は多かった。〝源氏〟の方は桜咲きと言われる、普通の朝顔の花弁が五つに切れて桜の花に模されたもので色は純白、清らかで繊細優美な印象が源氏物語の姫君の一人に准《なぞら》えられていた。これも〝役者〟ほどではないがやはり人気がある。

「いい咲きっぷりじゃないか」

茂三郎はすでに立ち上がって、花恵が育てた〝役者〟を観て息を弾ませた。

花恵が隣に立つと、茂三郎は咲いたばかりの濃い挽《ひき》茶色の変化朝顔を指差した。

「同じ茶色でもこいつは〝役者〟とは違う」

たしかに〝役者〟は赤っぽい茶色だがこちらは深緑系の茶色であった。

「粋な色だわ」

男女を問わず粋は市中の者たちの理想であった。粋であるためには垢《あか》ぬけていて清潔感のある色気を持つ必要がある。その上、意気地はあっても拘《こだわ》りすぎず、身形《みなり》はごてつかずすっきりしていて、きりっとした強さと格をどこかに感じさせなければならない。こうした洗練された美意識に適《かな》う色が渋好みの茶色と鼠色であった。ただの茶色と鼠色ではなく〝四十八茶百鼠《しじゅうはっちゃひゃくねずみ》〟と言われるほどのさまざまな粋色がある。

「よしっ、こいつには〝粋〟と名付けよう。これで今年はちょいと朝顔の花合せも面白くなるかもしれないぞ」

「わたしはおとっつぁんから分けて貰った苗で〝役者〟と〝源氏〟を育てて、市《いち》に出して売る商いをするつもりだったのよ。何もそんな大袈裟なこと——」

「なあに朝顔の名を書いた紙に赤丸を付けるだけだ。客は品定めを待ってそこでつけられた値で買う。品定めの一等の値は跳ね上がるんだ」

花恵は、茂三郎の言葉に頷《うなず》いた。

「瀬川名人が品定めに出していた頃はずっと一等だった。だがこのところ〝役者〟や〝源氏〟は二番止まりだ。俺は銭が欲しくて〝粋〟を出したいんじゃないぞ。あの幽霊化け物朝顔らなんぞに一番を持ってかれ続けてるのが悔しいんだ。それと今年から形さえ同じなら色は何種出してもいいことになった。朗報だろう？　実はな、植茂《うち》の〝役者〟の中にも鳩羽鼠《はとばねずみ》が出た。それでこっちもしやと思ったんだ。これで〝役者〟〝粋〟〝紫小町〟と並べて出せる。〝役者〟を俺に託してくれた名人にも冥途でいい土産話がやっとできるってもんだ。よかった、よかった」

茂三郎は満面の笑みを向けた。鳩羽鼠とは土鳩の羽の紫がかった鼠色のことなのだが小町娘になぞらえて小町鼠《こまちねず》とも呼んだ。茂三郎はいいとこ取りでその色の朝顔を〝紫小町〟と名付けたのだ。

「朝餉《あさげ》でもどう？」

と花恵が誘っても、

「晃吉《てるきち》が支度してるだろう。後で晃吉をここへ寄越して〝粋〟を染井へ運ばせるからな」

忙《せわ》しい様子で帰って行った。

――おとっつぁん、馬鹿に張り切っちゃって。

花恵は客を待ちながら庭の水やりをしている。風もないのに垣根のカラタチの葉が擦れる音がした。

「誰？　お貞《さだ》さん？」

声に出したが応えはなかった。

今朝はお貞が来ることになっている。お貞は花恵の店の手伝いも兼ねた友達だ。

——さっきから何だか変だった——

茂三郎が珍しく弾んだ話しっぷりを続けている最中《さなか》、花恵は誰かに背後から見られているような気がしていた。花恵はカラタチの垣根を端から端まで調べてみた。がさごそと聞こえた場所が踏まれていて棘《とげ》の一部に血が付いていた。

——やだ、誰の？——

お貞が来たらすぐに話そうと決めると幾らか気が楽になって、花恵は水やりを終えると、朝餉を調えはじめた。お貞とは、夏の朝茶と朝懐石を分かち合おうと話していた。花恵が一汁二菜の朝餉を、お貞が朝顔を模した菓子を作って持ち寄ることになっていた。

花恵は百味加薬漬《ひゃくみかやくづ》けを皿に載せ、枝豆の味噌《みそ》煮の二菜と長芋とエノキダケの澄まし汁を拵《こしら》えた。百味加薬漬けは胡瓜《きゅうり》、茄子《なす》、茗荷《みょうが》を縦半分に切って斜め切りにし、生姜と青紫蘇の千切りを加えて塩で揉み、山椒の実、蓼《たで》、輪切り赤唐辛子、青柚子の絞り汁を加えて重石をして冷暗所に保存してあったものである。とれたての枝豆を塩で揉んで産毛を落とし、洗って水気を切ってから出汁と味噌で煮上げたのが枝豆の味噌煮であった。この料理を教えてくれたときお貞は、

「皮付きの枝豆が、とれたてならどんだけ美味しいかってこと、江戸の人は知らないでしょ。肝は産毛落とし。あたしも濃すぎる産毛何とかしたい。枝豆の味噌煮になりたい」

などと戯《おど》けつつも真剣な目をしていた。

百味加薬漬けと長芋とエノキダケの澄まし汁は花恵の亡き母の得意な夏料理の一つだった。どちらもあまり青物を好まず、朝から鰹《かつお》の血合いの煮付け等を好む父茂三郎のためのもので、暑い朝は必ず味噌汁ではなくこのさっぱりとした澄まし汁が付きものであった。これは煮たてた出汁でエノキダケにさっと火を通し、千切りのまま椀に盛った長芋にエノキダケ入りの汁を注ぐ。冷めても不思議に清々しい美味しさが変わらない。

朝餉を調え終えたところで縁台を出した。そこに二人で座って朝茶と朝餉を楽しむつもりであった。

「あたしね、夏の朝茶、朝懐石っていうのにずっと憧れてんのよね。千利休ってい

う人が夏の何よりのご馳走は涼しさで、だから朝茶、朝懐石なんですって。高尚だよね。でも、そういうもてなしをしてくれる高級料亭なんて行けるわけないから、叶わぬ夢かなってずっと思ってたの。だからうれしい」

そこまで楽しみにしていたお貞だというのに時が過ぎても姿をまだ現さないでいる。

——どうしたのかしら?——

さすがに明け六ツ(午前六時頃)を過ぎて陽がぐんぐんと高くなりはじめると不安になってきた。

——何かあったの?——

するとそこへ童が一人、店の門を潜った。お貞に文を託されたという。

ごめん、花恵ちゃん、あたし動けない。長屋の童に頼んで、この文を届けてもらいます。こんなことってある? 長屋の皆は夏風邪だっていうんだけど、あたし、今まで風邪なんて引いたことないからわかんない。その上、冬じゃなしに夏の風邪なんておかしいっ。どうしよう——

貞

読み終えた花恵は、お貞のところへ見舞いに行くことに決めて急いで着替えをした。

――熱でふうふういってるお貞さんに、せめて涼し気な気分でも味わわせてあげよう――

花恵は朝顔模様の絽《ろ》に白地の絹綴《つづれ》の帯を締めた。

そして出来上がっている朝餉を重箱と鍋に移し替え、お貞に前に頼まれていた〝源氏〟を手にして花仙を出た。途中、

――動けないのはたぶん熱よね。あんな元気なお貞さんが夏風邪とは思えないから診てもらった方がいい――

長崎帰りの蘭方医塚原千太郎《つかはらせんたろう》のところへ向かった。

驚いたことに門前市をなしている。

――凄い、千太郎先生の人気――

圧倒されて佇《たたず》んでいると、並んでいる人たちに数字を書いた紙を渡していたお美《み》

乃《の》が花恵に気がついた。

「ご繁盛ね」

人気を讃えると、

「この列、実は患者さんじゃないのよ」

お美乃は苦笑いした。

2

お美乃は行列に向かって、

「皆さーん、花が開いているのは一刻半《いっときはん》（約三時間）ほどですので、なるべく急いでご覧になってください」

大声を張り上げると、

「ちょっとこっちへ来て」

花恵の手を摑んで裏木戸の方へと引っ張って行った。中へ入ると一面に小さく丸い花弁の昼顔に似た桃紫色の朝顔の花が咲いていた。

「うちの朝顔は昔からの薬用ものなのよね。だから花合せで競われる見栄えのいいものなんかじゃなくて、大昔のままの朝顔なのよ。誰も振り向かない、ずっとただそれだけのはずだったんだけどね――」

お美乃はややうんざりした口調で説明した。奈良時代末期もしくは平安時代、遣唐使により薬用植物として持ち込まれた朝顔は種子が牽牛子《けにごし》と呼ばれる生薬として用いられてきた。種子を粉末にして下剤や利尿剤にする。

お美乃が朝顔畑へと入っていく。驚いたことに畑だというのに最近造られたと思われる、まだそう踏み固められてはいない黒土の柔らかな道が出来ていた。そこを歩くお美乃に、花恵はついていく。

「めんどうの始まりはこれ」

お美乃が立ち止まった。

「これ――」

思わず花恵は大声を上げてしまった。

黄色い朝顔が幾つか咲いている。形は薬用朝顔と変わらない小さく丸い花弁の筒型であった。

「この形でこの色って初めて見た」

朝顔の色は青が基本で黄色はほとんどあり得ないと言われてきたが、何年か前、変化朝顔の中に黄色い花色を持つものが出てきて大騒ぎになった。もちろん花合せでは文句なく一等の座に輝いた。

黄色い朝顔がもてはやされていた時、

「俺はいいとは思わないね。何だい？　あのよろよろ枝垂《しだ》れ柳の葉っぱが酔っぱらってるような花つきは？　幾ら黄色が不世出だからってあれじゃ、朝顔じゃあねえ。地味だがぴんとして咲いてる胡瓜や南瓜《かぼちゃ》の花の方がずっとましだ」

茂三郎は憤懣を隠さなかった。

――これならあのおとっつぁんもあしざまには言わないでしょうね――

花恵はしげしげと黄色い朝顔を見つめた。

――でも、この形の黄色、すごく綺麗かというとそうでもない。やっぱり取り囲んでる桃紫色の方が可愛いわ――

「朝顔畑の世話をしてくれてる近所の薬草好きなお婆さんが広めちゃったのよ。人の口に戸は立てられない。あっという間だったわね、さっきみたいな列ができるようになったのは。見たい一心で患者になりすます人まで出てきて、それじゃ、患者さんたちに大迷惑でしょ。仕方なく、黄色い朝顔のための畑見物用通路を作ったのよ。昨日は瓦版屋が来たわよ。まあ、只《ただ》の引き札（広告文）代わりにはなるでしょうけど、うちの医術がもてはやされるわけじゃあないものね――」

お美乃はふうとため息をついた。

「何年か前に出た黄色の朝顔に種はできず一代限りとなって、それ以来、黄色い朝顔の話は聞こえてこないから、あれは全くの偶然が生んだ代物だったとされているの。それでなおのこと、皆さんがこの朝顔に夢中になるのだろうけれど。お医者様のお仕事にはたしかに関わりがないどころか、障りになりそうだわ。さぞかし難儀なことでしょうね」

花恵は同情の言葉を口にした。秋になって種ができる頃にはまた、別の大騒動が起きそうだったがこれは黙っていた。

「事情をわかってくれて何よりうれしいわ、ありがとう。それより、花恵さん。ここは偶然通ったの？　それとも何か？」

お美乃は花恵に訊《き》いた。

「実は――」

花恵はお貞のことを告げた。

「それはいけないわね。お兄様に言ってすぐに往診してもらうわ」

「お忙しいいんじゃないの？」

たいていの医者は訪れる患者の施療に昼までは追われている。

「あの朝顔の騒ぎがおさまるまで、施療は昼から夕方までに変えてるから大丈夫。裏木戸で待っててね、お兄様に伝えてくるから」

お美乃から事情を聞いた千太郎が薬籠を手にして姿を見せた。お美乃は襷《たすき》がけをして、頭に〝黄色朝顔ご案内〟と書いた鉢巻きを締めている。

「わたしはここで行列をさばいて、これから患者さんになってもらえるよう、皆さんにせいぜい愛嬌を振りまいてご機嫌を取るんだから、お兄様も頑張ってきてね」

やや声を張り上げ気味に言って、千太郎と花恵を裏木戸の外へと追いやった。

「相変わらず妹はあの調子です」

呆れた表情の千太郎の言葉に、

「明るくて楽しくてとってもいいです」

花恵は笑顔で即答した。

「ところでお貞さんはどんな具合なのでしょう？」

千太郎は医者の顔になった。

お貞が届けてきた文を差し出すと、

「夏風邪の症状には似ていますが、『こんなことってある？——どうしよう』とあるのが気にかかりますね」

首を傾《かし》げた。

「お貞さん、酷《ひど》く悪いんでしょうか？」

「まずは、診せていただかないと」

そう答えた後、千太郎はお貞の家に着くまで無言であった。その上驚くほどの早足で、花恵はしばしば遅れそうになった。

——もしかして、ひどい病なのかもしれない——

花恵はお貞が案じられてならなかった。

欽兵衛《きんべえ》長屋の木戸の前では何人かのかみさんたちと子どもたちが千太郎を待っていた。如何《いか》にお貞が長屋で人気者なのかがわかる。

――分け隔てなく優しいお貞さんの人柄ね――

「お医者の先生がこんなむさくるしいとこに来てくれるとはねえ。お貞ちゃんは幸せ者ですよ。ありがとうございます」

年配のかみさんが挨拶をした。

「さあさ、先生、こっちですよ、こっち」

赤子を背負ったかみさんが二人をお貞の家へと案内してくれた。

「花恵ちゃーん」

板敷に横たわっていた米俵のようなお貞が意外に俊敏な動きで飛び起きたが、

「あ、いててて」

すぐに腹を抱えて蹲《うずくま》り、

「いててて、いててて」

苦しみ続けた。

千太郎はお貞の脈を診て、額に手を置く。

「脈も正しく熱もありません。喉の痛みや咳は？」

千太郎の問《とい》にお貞が首を横に振ると、千太郎は腹部に触れた。

「これはおそらく便秘です。思い当たることはありませんか？」

「そういえば――あたし、ドクダミ茶を毎日飲んでます」

とお貞は言い切った。

「ドクダミ茶も続けると体質《たち》によってはこのような腹痛の因《もと》になります。今回は大量に飲んだのでは？」

お貞は千太郎に向かってこくりと頷いた。

「それなら心配は要りません。そのうち排便できます。ドクダミ茶の飲み過ぎで下痢になりかねませんので、今日は下痢止めを置いていきます。あと体力があって、腹部に脂肪が多く、便秘がちな人向きの防風通聖散《ぼうふうつうしょうさん》を処方しますので、症状が落ち着いたら取りに来てください」

千太郎がそう告げると、

「あら不思議。先生にそう言ってもらったら、お腹痛いのそれほどでもなくなった。先生、ありがとうございます」

お貞は途端に顔色が良くなって、お礼を言った後、

「それにしても、今日の花恵ちゃん、朝顔の花に露が一滴描かれている着物が涼や

かで上品ですごーく素敵だと思いません、先生?」

と続けた。

「それは――」

口籠った千太郎だったが、

「たしかに――」

声を震わせ、その後は言葉にならないようだった。

「これで失礼いたします」

とガタピシと音を立てて油障子を開け、そそくさと帰って行った。

3

「大変じゃなーい」

お貞が大袈裟に冷やかした。

「花恵ちゃん、いつの間に千太郎先生まで惹きつけちゃったの?」

「冗談言わないで。千太郎先生じゃなくったって、誰だって似合ってないなんて言えっこないわよ」

花恵は頰の辺りが火照《ほて》ってきた。

「それに今、千太郎先生のところは朝顔騒動で大変なんだから」

お貞の矛先を躱《かわ》すためもあって、突然咲いた黄色朝顔の話を絡めた。

「そりゃあ、珍しいんだろうけどあたしはぴんと来ない。黄色い朝顔なんてちっとも涼しそうじゃないし」

本音を口にしたお貞は、

「それ、持ってきてくれたのよね」

花恵が土間に置いた行灯《あんどん》仕立ての真っ白で大きな桜の花のようにも見える〝源氏〟に目を細めた。これは花恵がお貞に頼まれて育てた特注品であった。変化朝顔の〝源氏〟を一鉢に三本の竹を立てて支柱とし、植えた苗のわき芽が育ちやすいように茎の先端を摘み取っていく。そして伸びていく朝顔のつるを左巻きに巻き付け、つるが最上段に達したら先端を切り詰めて仕上げる。

やや萎《しお》れかけてきている花もあったがまだけなげに咲いている〝源氏〟の花は可憐そのものだった。

「朝顔にとって露はきっと朝化粧よね。露と一緒の朝顔、最高に綺麗だもん。持ってきてくれたおかげで明日からここでも朝顔のお化粧を見られる。何だか御利益もありそう。ありがと、花恵ちゃん」

お貞は真剣な目を〝源氏〟に向けた。

「お貞さん、そんなに〝源氏〟が気に入ったの？」

花恵はお貞が『源氏』を気に入った理由をまだ聞いていなかった。

「知らない？　源氏物語の朝顔の姫君の話？」

花恵は首を横に振った。

「源氏物語五十四帖中第二帖〝帚木《ははきぎ》〟から第三十四帖〝若菜〟まで出てくるお姫様なのよ。源氏の君から朝顔を贈られたんでそう呼ばれるようになったの」

お貞の愛読書が源氏物語であることを花恵が知ったのは、白桜咲きの変化朝顔〝源氏〟を注文された時である。

「源氏に幼い頃から可愛がられ長じて愛される紫の上という正室同然の女人がいるでしょ。朝顔の姫君はもしかしたら、正室同然じゃなくて正室に納まってたかもしれないのよ。だって帝の子である源氏の従妹なんだもの、帝の弟の父親が死ぬまで斎院だったし、それにこのお姫様、紫の上が幼名若紫だった頃と同じくらい幼い時から可愛らしかったの、源氏って童女趣味もあったのね。もちろん、朝顔の姫も源氏が好きなのだけれど身は許さずにこの恋は終わる。理由《わけ》はその昔、源氏を想う余り、正妻の葵の上を呪い殺した六条御息所《みやすどころ》みたいな不幸な運命を辿りたくなかったから」

「それで誰かと夫婦《めおと》になったの？」

「ううん、神様に仕える斎院を長く続けたせいで婚期を逃し、独りを続けて尼になっちゃって物語の表舞台からいなくなってしまう。だからあんまり知られてない女《ひと》なの」

「お貞さん、その朝顔の君と〝源氏〟を結びつけてた？」

「当たり。自分が自分でいたいために決して情を交わさず、折に触れて便りを交わすような清らかな友愛を続けるっていうの。もし自分が源氏の正妻になったら、美しくて慈愛に溢れてて、非の打ち所がないとされている源氏の正妻同然の紫の上が、どうかなっちゃうこともわかってたんじゃないかと思う。人への深い気遣いもあるってわけで、そういうとこもあたし大好き」

「たしかに綺麗な生き方ね。そういうのがいいっていうことは、もしも青木《あおき》様を好きだって女が出てきたら譲るってこと？」

花恵は訊かずにはいられなかった。お貞は南町奉行所同心青木秀之介《ひでのすけ》を想い続けている。

「それはちょっと。もう青木の旦那一筋って女がいるのは事実だけど」

お貞は口籠り、

「誰よ、それ」

花恵は勢い込んだ。

「旦那のおっかさん、お母上」

お貞はけろりと言った後、

「あの女に譲るも譲らないも互角には競えないわよ。旦那がおぎゃあと出てきたお腹の持ち主なんだから。光源氏のおっかさんは源氏を産んですぐ死んじゃってるけど、源氏は一生、自分のおっかさんによく似てるって言われてる相手にときめいちゃう。それがたとえ父帝の後妻でも情を交わしちゃう。男のおっかさんへの想いってそれほど深いの」

切なそうな目になった。

この時ふと花恵は、

——夢幻《むげん》先生のお母様はどんな方だったのだろう。早くに亡くなったのは光源氏と同じ境遇だけれども——

夢幻の来《こ》し方《かた》が気になった。

以前はお貞に全く無関心だった青木だが、ことあるごとに助力を受けているうちにお貞の持つ天性の直感力と旺盛な好奇心、並外れた行動力に心を動かされている様子であった。青木はお貞を友愛の対象にしはじめていて、そこにいてもいないかのように無視していた頃に比べれば格段の進歩であった。

「青木の旦那が光源氏だとして、あたしは所詮朝顔の君の足元にも及ばない。だけどあたし今、朝顔の君の爪の垢でいいって思ってるのよね」

お貞は満足そうに微笑《ほほえ》んだ。

「この長屋には沢山の人が住んでるけど、からだが悪くなると、急に心細くなってくるの。近頃、井戸端で洗濯してたり、外に七輪出してお魚焼いたり、ちょっとそこまでお砂糖なんか買いに出ても、あたしを見てる目がある気がして怖いの。誰かがあたしのことを見初めて熱く見てるなんていう、自惚《うぬぼ》れじゃあないからね。それにその目、あたしが花恵ちゃんとこへ出かけてく時も付いてきてる感じ——」

お貞の目は真剣だった。花恵はそんな弱気な様子を見て不安になったが、すぐにお貞は、

「ああ、痛っ、痛。お腹、痛いけどこれは間違いなく、つかえが下りる時の痛みだわ。ちょっ、ちょっと待っててね。行ってくるから」

外にある共同の厠《かわや》へと家を出て行った。

4

しばらくして戻ってきたお貞は、

「すっきりしたら何だか、お腹、空いてきちゃった」

花恵が持参した重箱等をじっと見つめて、

「それでは遅ればせの朝膳をいただきます」

わくわくと箸を取った。

すっかりお腹に収めてしまった後で、

「あ、ごめん、あたしの方は朝茶用の朝顔の落雁《らくがん》作りの途中だったんだっけ」

流しを見た。

小間物屋で売られている落雁用の木枠と大きな鉢が見えた。

「水と水飴同量を混ぜ合わせたネキ（水飴）をまず作って、和三盆（極上の砂糖）を混ぜようとしてたところなのよ。花恵ちゃん、悪いけど作るの、代わって続けてくれない？　あたし、まだちょっと、あ、やっぱり――」

大慌てでお貞は外へまた出て行く。

――落雁なら子どもの頃、おっかさんと一緒に作ったことある――

作り方を思い出しながら花恵は大きな鉢の前に立った。ここは指で混ぜるのだがダマができやすい。

混ぜ終えたところで、指でつまんで粘度を確かめる。

――ぽろぽろと崩れる場合はネキ水を少し加え、緩すぎる場合は和三盆を足すのだった――

粘度は落雁作りの肝であった。ほどよい粘りけになっていないと、型に詰めた後に押し出してもうまく出てこない。最後に糯米《もちごめ》の一種の寒梅粉を加えて指で手早く混ぜ込み、色付けも行う。食紅と藍が用意されていたので、何も混ぜない白と桃色、水色に花恵は色分けした。

これを各々裏漉し網で裏漉しする。

——裏漉し網まで持ってるとはさすがお菓子作りに長けたお貞さん——

落雁の仕上がりは網の目が細かいほど滑らかになる。朝顔の木型に裏漉しした落雁の素を型の上まできっちりと押し込んで入れる。この型を当たり棒の先で叩いて、木板の上に落とす。そのまま乾燥させると出来上がる。

花恵は朝顔落雁が乾くのを待っていた。一方、お貞はなかなか戻って来ない。

「——いったい、どうしたんだろう？」

心配していると、

「すっかりお願いしちゃってごめんね、花恵ちゃん、ありがとう」

ようやくお貞が戻ってきた。

「どうしたの？」

お腹はもう押さえていない。

「実はね――」

　お貞は常はあまり見せない深刻な表情で右手を目の前に出した。指と手の甲が赤く腫れ上がって水疱ができていた。火傷《やけど》でもしたかのように見える。

「厠で黒くて背中が固い虫を見つけたのよ。こんなとこにいたら踏み潰されるって思って、逃がそうとして捕まえたらこの通り。田舎じゃ草むらでたくさん見かけるマメハンミョウよ」

「わたし、マメハンミョウって見たことない。薬に使われることもあるそうだけど、口に入ると人が死ぬほどの毒があるのよね。大奥の若君たちが長生きできないのはその毒のせいもあるって言われてる――」

　花恵は背筋が冷たくなった。

「あたしは幸い、触れただけで嚙まれなかったからこの程度で済んだ。ひりっと強い相当な痛みだったし、咄嗟に潰そうとしたのよね」

　一寸弱（三センチ）ほどの小さな虫で頭が赤く、黒い背中に白っぽい縦筋のマメハンミョウの黄色い毒液は微量ならイボ取り・膿《うみ》出しなどの外用薬や、利尿剤などの内服薬とされてきている。片や乾燥させた粉を飲むと、吐き気、嘔吐、腹痛、下痢だけではなく、やがて血圧低下、尿毒症、呼吸不全等を起こして死亡することもある。

「マメハンミョウ、あたしの田舎じゃ、マメ神の使いのマメ公って呼んでる。気をつけなきゃいけないけれど役に立ってくれてるのがマメ公。マメハンミョウって言われてるのは成虫が大豆の葉等を大好きだから。幼虫はイナゴの卵を食べてくれる。だから、お助け虫なのよ、マメ公は。けど〝素手で触っちゃ駄目、もちろん殺すなんてとんでもない、マメ神の罰が当たる、火傷になるぞ〟って子どもの頃からずっと言われてた。ひりっと来た時、それ思い出して両親《おや》の顔浮かんじゃった。このところ市中が楽しくて便りもしてなかったことも――。それであたし、マメ公を遠くまで放しに行ってきたのよ」

――お貞さんのマメ公や御両親への気持ちはわからないでもないけど――

「お貞さん、触れただけじゃなしに嚙みつかれでもしてたら大変じゃない」

思わず花恵が洩らすと、

「いつだったか、あたしがマメ公の話、夢幻先生にしたら、戦いに明け暮れていた時代の伊賀でも、これを毒殺に使っていたようだって言ってた」

思い出したお貞は青ざめていた。

「お貞さん。マメハンミョウなんて市中のそこらにいるわけないわ。まさか、誰かが狙って……」

花恵は声を震わせた。

「どうしよう?」

釣られて震え声のお貞に、

「夢幻先生にこのことを申し上げましょう」

花恵の頭にはいつでも困ったときに頼れる夢幻が浮かんだ。

「夢幻先生は、何でも箱根に自然や花を取り込んだ和菓子を作る名匠がいて、その人に会いに行っているのよ。茶の湯の家元から頼まれて、夢幻先生は近く〝花と茶を愛でる会〟というのを開くことになったんだそう。今日あたりは帰ってくるはずよ」

お貞は活け花の師匠としての夢幻ではなく、悪は絶対許さないという信念の元に、市中の悪を糺《ただ》す夢幻の裏の顔を最もよく知る人物の一人であった。花恵もあるきっかけから、夢幻のこうした秘密に加わっている。

「でも、その腫れようは心配――」

花恵はお貞の右手を痛々しそうに見つめた。

「大丈夫、おっかあの教えてくれたドクダミチンキ、持ち歩いてて何かと助かった」

お貞は薄緑色の小さなギヤマンの瓶《びん》を取り出して花恵に見せた。

「明日には痛みはなくなるし、膿《う》んだりしないはず。とにかく、今は皆にあたしは大したことなかったと言ってね。お願い」

さすがに疲れたらしくお貞は板敷に上がるとごろりと横になった。

「それじゃあ――」

花恵が帰りかけると、

「夏だからもう落雁乾いているでしょ。皆さんにあげて。残念だったよねえ、朝茶ができなかったの――」

振り返ったお貞は朝茶や落雁のことを忘れてはいなかった。

この後、花恵はお貞が用意した紙箱に落雁を詰めて花仙へと急いだ。

「あ、花恵さん、やっと帰ってきた」

〝粋〟の行灯仕立て数個を取りに来た晃吉が留守番をしていた。

「お邪魔しています」

青木が立ち上がって頭を下げた。

「暑いもんだから井戸で冷やしていた麦湯をさしあげましたよ」

お美乃まで揃っている。

「お貞さんの具合はどうですか？」

真っ先に青木が真顔で訊いた。

5

「お貞さんは大したことなくて、千太郎先生のお薬ですぐによくなるみたい」

花恵の返事にほっとしたのも束の間、青木はやや思い詰めた表情で仕上がっている朝顔の落雁をしげしげと見つめた。

「何か？」

お貞の代わりに作った花恵は気にかかる。

「落雁の木枠、二種類あるはずなのです。実はお貞さんが木枠を買い求めてる時、偶然わたしも通りかかって店に入ったんです。それで鉢合わせして。わたしも母に頼まれて朝顔の木枠を買って帰ることになってました。二種類の木枠は朝顔の丸形に五芒星《ごぼうせい》型の蕊《しべ》だけが刻んであるのと、さらに線が入っているのとあって、本当はお貞さん、蕊も花びららしい繊細な線が入っているのが好みだったと思うんですが、わたしに譲ってくれました」

青木は思い出しているのか、笑みを浮かべていた。

「その時、どんな違いが出来映えに出るのか、比べてみたいとわたしが言いだし、それなら一緒に作ってみようという話になったんです。実は前にお貞さんのお手伝いをしてからというもの、菓子作りが病みつきになりまして――。こっそり作って母に食べてもらうのもなかなかの親孝行だと思いましたし――。とはいえ、具合の悪い時に手伝いしかできないわたしなど呼んで落雁作りはあり得ませんから、これはもう仕方のないことなんですけどね」

青木はやや落ち込んだ表情で語った。

「もう、お母様は朝顔の落雁を作られたのですか?」

お美乃が訊いた。

「ええ、母は朝顔は青が一番と決めているのでうちのは青一色です」

「でしたら、そちらの木枠をお母様からお借りして桃色とか薄紫色の朝顔落雁を、元気になったお貞さんと作ったらいいのではありませんか？」

青木に微笑みかけながらお美乃が言った。

——お美乃さんって人の気持ちをこんなによくわかる女《ひと》だったんだ——

花恵は感激して思わず晃吉の方を見た。晃吉の表情も温かかった。

麦湯のお代わりと一緒に朝顔落雁は一つ、また一つと摘《つ》まれて口に運ばれていく。

「これってお点前《てまえ》と一緒にいただくものなんでしょうに。がぶがぶ麦湯を呑みながらなんて、何だかお貞さんに申し訳ないような気もするわ」

お美乃がその実少しも〝申し訳ない〟がない顔で落雁を口に入れると、

「お貞さんはそんなことを気にする人じゃありません」

青木がやや力み気味に言い切った。

——たしかに材料はお貞さんが揃えたものだけど作ったのはあたしなんですけど

花恵が笑いを噛み殺していると、

「今頃、お貞さん、くしゃみしてますよ、きっと」

晃吉が大真面目な顔で混ぜっ返した。

「お邪魔いたします」

その時、戸口から老爺《ろうや》のしわがれ声が聞こえてきた。

「彦平《ひこへい》でございます」

彦平は、お貞よりもずっと長く夢幻の裏稼業を支えていた。

よくいらっしゃいましたと挨拶を交わした花恵は、彦平の耳元で、

「何かありましたか?」

夢幻を案じる余り確かめずにはいられなかった。しかし、彦平はこれには応えず、

「旦那様から皆様に言伝てがあって参りました。お揃いで何よりでした、話が早い。七日後に屋敷へお運びいただきたいとのことです。おそらく、近く開かれる茶の湯と活け花の会と関わっての想をご披露なさり、意見を伺いたいのだと思います。お時間があれば是非、青木様も晃吉様も御一緒にどうぞ」

終始にこにこと好々爺ぶりを発揮した。

「晃吉は仕事があるから来られないいんじゃないの？」

花恵の言葉に、

「これも仕事のうち。お嬢さん絡みのことなら親方は一も二もなく行けですから、ご心配なく。それより、お美乃さんはいいんですか、お医者の千太郎さんのお手伝いがあるんじゃ？　それにあの朝顔騒動――」

晃吉は巧みにお美乃に話を向けたが、

「黄色朝顔なら朝だけですから大丈夫。それにお兄様は手際がいいので心配要りません。そして忘れて欲しくないのはわたし、結構夢幻先生に見込まれてるお弟子なのよ、ねえ、花恵さん、そうでしょ？」

お美乃は見事に切り返した。


その七日後当日となった。花恵は目が覚めた時から落ち着かず、

――どうしようかな、着ていく朝顔の着物――

押し入れから行李を出したり入れたりしていた。

父茂三郎は亡き名人の遺した朝顔を伝承してきたこともあって、花恵の母親にも朝顔の単衣《ひとえ》を何着か誂《あつら》えていた。実家に置いてきたものがほとんどだが、お貞を見舞った折に着ていったもののほかに、藍の地色に白い朝顔が浮かび上がる藍染めも持ってきていた。

——藍と白だけの朝顔模様もしゃきっとすっきり見えて悪くない。でも——

畳の上に広げて決めあぐねていたところへ、

「大変、大変」

晃吉が飛び入ってきて花恵の目の前に立った。

「どうしたの?」

晃吉はよほど慌てたのか浴衣姿で素足のまま、洒落者《しゃれ》で常に気を配っている髷《まげ》をも乱していた。

「そ、それが、それが——」

息がつけない様子なので井戸端へ連れて行き、

「まずは好きなだけ飲んで」

柄杓《ひしゃく》を手に持たせた。

やっと人心地ついた晃吉は縁側に座った。

「〝役者〟と〝源氏〟、それにとっておきの〝紫小町〟、ここから運んだ〝粋〟までそっくり変化朝顔がやられました。昨夜のうちに盗まれたんです。花合せはもうすぐだっていうのに――」

告げた晃吉は蒼白であった。

「おとっつぁんは？」

「そりゃあ、もう、親方はずっと見張りが甘かった俺たちを怒鳴りっぱなしです。盗っ人への恨みつらみも混じってます」

「おとっつぁんは元気なのね。倒れたりしていないのね」

念を押した花恵はこれが一番大事だと思っている。

「ええ、元気は元気です」

「それが何よりよ」

さらりと言ってのけた花恵に、

「お嬢さんは悔しくないんですか？　こんなことをされて――」

「それより、どうしてこんなことをするのか――、いったい誰が？」

「そりゃあ、敵は本能寺ではなくて御徒町《おかちまち》にありですよ。あの辺りに住む徒衆の誰かに決まっています」

晃吉はそこに盗んだ相手が立ってでもいるかのように、御徒町の方をぎりりと歯嚙みしつつ睨み据えた。

徒衆はここ何年もの間、変化朝顔を多出してきていて、花合せでも一等を取り続け、こと変化朝顔に限っては今や、染井の植木職と並び称される大家であった。徒とはその字の通り、徒歩で行列の供をしたり警固をしたりする下級武士であった。この時季、市中のそこかしこを売り歩く中で、染井と御徒町の変化朝顔がしのぎを削っていた。

6

「心配だものね、わたし、行くわよ、おとっつぁんのところへ」

花恵は晃吉と一緒に染井へと向かった。

家の敷居を跨《また》いだとたん、

「お嬢さん、大変です、親方が――」

若い弟子が顔色を変えて迎えに飛び出してきた。

「ど、どうしたの？」

花恵は心の臓が止まるかと思った。

「親方は番屋に行って盗みの一件を話すんだとおっしゃったんですが、急に足が萎えてぐずぐずとお倒れになりました。今は横になっていただき、お医者様に来ていただこうと人を走らせたところですが、大山詣りに付き添って出られたとかでお留守でして、どうしたものかと――」

若い弟子の説明に、

「馬鹿野郎、役立たず」

晃吉の血相は変わったが、

「おとっつぁんは眠っているの？」

「いいえ、自分が番屋へ行くと言い張っているのを皆で引き留めています」

「それならきっと大丈夫」

聞いた花恵は胸を撫《な》で下ろした。

――以前、卒中で亡くなった人の話を聞いたことがあるけれど、鼾《いびき》をかいて眠ったまま逝ってしまったというもの――

「高砂町の塚原千太郎先生に急ぎ往診をお願いして。それから南町奉行所の青木秀之介様にもこの一件を伝えるように」

花恵は若い弟子を労《ねぎら》いつつ促した。

「へい」

若弟子はほっとした表情になった。

父茂三郎は入ってきた花恵を見ると、

「おう、来てくれたか、来てくれたか」

身体を起こし、うれしそうに目を細めた。

「駄目ですよ、横になっていなくては」

花恵は父の背中に手を回してそっと布団の上に横たえさせた。

――おとっつぁんの背中に触るのは子どもの頃以来だけど、前はもっと分厚かった。こんなに薄くなかった。当たり前だけどおとっつぁんも年齢《とし》なのね――

「おとっつぁんのいい様にしましたから、安心してくださいな」

青木に伝えたこと、ほどなく医者が来ることを話した。

「医者なんて頼んでないぞ。わしは怒ってるだけで身体《からだ》が悪いわけじゃない」

茂三郎はぶすっとした。

「まあ、これは念のためよ。伝統ある変化朝顔を盗んだ泥棒を捕まえるのには元気いっぱいじゃないとね」

花恵が躱すと、

「それにどうして奉行所の役人が来るというんだ？　たかが朝顔泥棒だと言って嗤《わら》い捨てるのが関の山だ。とかく草木はそこらにあるのが普通で盗みのうちに入らないと抜かしやがる」

眉間に青筋を立てた。

「来てくださるのは花仙のお得意様で草木好きのお役人様。染井の肝煎のおとっつぁんのこともご存じのはず」

花恵の言葉に、

「わしを知ってるって？」

茂三郎は満更でもない顔になると、

「それじゃ、わしは楽して待つとするか」

やっと表情が本格的に緩んだ。

茂三郎の部屋を出た花恵は、

「おとっつぁん、朝から何も食べてないんじゃない？　おとっつぁんの身の回りの世話してる晃吉が出てきちゃってたんだから」

晃吉に尋ねると、

「そういえば――あ、俺もですよ、いや、皆もそうです。食べてません」

しどろもどろに応え、

「ったく、誰か気がついて親方に粥でもお勧めしといたらいいものを――」

と言って責任転嫁しかけた。

「こういう時はおとっつぁんの夏の好物料理に限るの。わたしが拵えるから手伝ってちょうだい」

花恵は厨《くりや》へと急いで材料を確かめた。

「油揚げに梅干し、ちりめんじゃこ、青紫蘇、白胡麻、袋入りの黒砂糖、胡瓜、夏大根、あれっ、ここの大鉢に入ってるのは何？」

「今日の夜は鯖《さば》の辛味揚げを作るつもりでした。旬の鯖は旨くて安い上に滋養もあるんですけど、傷みやすいんでこうやって工夫してます。油揚げと黒砂糖は親方の大好物の黒いなりにしようと」

晃吉は答えた。

黒いなりは油揚げを黒砂糖と醬油で味付けしたいなりずしで、名料亭八百良《やおよし》が売り出したこともある上に、家々でも作ることのできる簡単さで長きに亘って人気の料理であった。

「心の痛手は身体にも響くものよ。今のおとっつぁんには黒いなりは暑苦しくて重そうだから、梅干しやしらす、青紫蘇を使って夏向きのいなりずしにしましょう。晃吉はこれが出来上がったら鯖の辛味揚げをお願い」

花恵は飯に加える中身とそれを詰める油揚げの下準備をした。

種を取った梅干しは包丁で細かくたたき、じゃこと甘酢適量と混ぜ合わせる。青紫蘇は軸を切り落として微塵《みじん》切りにし、水に放って水気を絞る。白胡麻は香ばしく煎《い》っておく。油揚げは当たり棒を押しながら全体に転がした後、たっぷりの熱湯に入れて油抜きをし、笊《ざる》に上げ水気をきり、半分に切って袋状に広げる。少しでも涼しげに見えるよう袋は内側を表にした。油揚げを煮る。鍋に酒、醬油、味醂《みりん》、出汁適量を用意して油揚げを加え、落とし蓋をして弱火でゆっくりと汁がほとんどなくなるまで煮てそのまま冷ます。

飯台に釜の飯をあけて甘酢適量とたたき梅を入れて切るように混ぜ合わせ、人肌くらいの温かさまで冷ましたあと、青紫蘇、香ばしく煎った白胡麻を混ぜ合わせるといなり用の寿司飯が出来上がる。これを等分に分けて軽く握り、汁気をきった油揚げで包んで形を整え器に盛ってから、新生姜を甘酢に漬けた時季の甘酢生姜を添える。

そのあと花恵は夏大根の酢の物に取りかかった。

「いい手つきですねえ」

晃吉が感心したのは花恵の桂剝きであった。大根に多く用いられる桂剝きの極意は、一本の大根を切らずに薄く薄く一枚の紙のように剝き上げていくというものだが、花恵の母は四等分した大根で四枚の紙大根を作っていた。その方が料理に使いやすいと言うのだ。

「家の料理は板前料理じゃあないもの、これでいいのよ」

とはいうものの、これも結構難しく、とても晃吉の手には負えない。「晃吉ならその気になればすぐできるようになるわよ、植木職と板前、切る仕事が肝だっていうのは似てるもの」

晃吉は鯖の辛味揚げを慣れた手つきで作りはじめている。

「このところ、俺、鯖なんぞの魚を下ろすのが上手くなったんすよ。親方も皆も魚が好きなんで、こいつばかりは避けて通れませんから」

晃吉は自慢げに言った。

三枚に下ろして幅が親指よりやや厚めに切り分けられた鯖は、酒、醬油、味醂、砂糖、輪切り赤唐辛子の漬け汁に浸されている。晃吉はこの鯖の汁気を布巾で拭い取ってから、片栗粉を絡めて油で揚げ、油をきって器に盛った。

「こういう夏大根使いも悪くないわよ」

花恵は残しておいた夏大根をつるりと一皮だけ剝いて、小筆の太さと長さに切り分けた。

——辛味のある棒夏大根、たしかおっかさんは、これにお味噌を添えてたっけ。あ、でも今、これは駄目、お酒が欲しくなっちゃうもの、酒は禁物——

7

「仕方ない、食べてやるか」

茂三郎が遅い朝餉を食べ終えた頃、千太郎が薬籠を抱えて訪れた。茂三郎を診察した千太郎は、

「脈も乱れず食も進んでいると伺いました。大事はありません。しかし、倒れかけた事実は事実、お年齢《とし》を考えますと二、三日仕事は休んでください。心身を休めて眠ることが一番です。気を鎮める薬を処方しますので後でどなたかを寄越してください」

と診立てた。

「お運びいただきありがとうございました」

茂三郎は憮然とした面持ちで礼を言った。

千太郎は廊下に出ると、

「お美乃が朝早くから夢幻先生のご用で出かけていて、ご存じの黄色朝顔見物の行

列を代わりに案内していたのですが、切り上げてきました。明日の準備もあるので、これで失礼します」

暇《いとま》を告げた。

「まあ、そんなご多忙の最中に父の元へ駆けつけていただけたんですね。ありがたいことです」

花恵は礼を述べた。

千太郎を見送った後、晃吉は、

「俺も黄色朝顔を一度親方に内緒で観に行ってみようと思ってたところでしたもん。でも、まあ見つかったら、あんなもん観に行く奴がいるかって叱られるに決まってるし、凄い行列だって話でしょ。それで止《よ》してたんですけど、こうなったら千太郎先生のとこの黄色朝顔もそのあの——」

言い淀んだ。

「何が言いたいの？」

「植茂の〝役者〟や〝源氏〟〝粋〟、〝紫小町〟同様、盗まれるかもしれないってことですよ。これは植茂のを盗んだのが徒衆の連中だとしたらの話ですけど——そうでなくて、先生のとこのが盗まれなかったら――。知ってますか、千太郎先生のお父さんの隠居した大先生はうちの親方同様、市中の朝顔十傑に入ってること――、それと黄色い変種は千太郎先生が長崎から持ち帰った種か、それを掛け合わせてできたなんてことも巷《ちまた》じゃ言われてるんですよ」

「晃吉っ」

花恵は叱りつけ、

「泥棒の当て推量は止めなさい」

厳しい口調で諌《いさ》めた。

――千太郎先生のお父様を疑うなんてよくない。けれど、そういう熱心なお父様がいるから先生のところの薬用朝顔畑に黄色い変種が出たのかもしれない――

ほどなく青木秀之介が訪れた。

青木は庭のあたりを一巡りしていて拾ったという印籠を手にしていた。

「これは広瀬家の紋で御徒頭の物のように思う。何か思い当たることはないか？」

茂三郎相手に切り出した。

「あっ、それなら――」

思わず口から出そうになった言葉を、晃吉は両手で口を被って押さえた。

「たしかにそれはここへおいでになった御徒頭広瀬様のお品です。広瀬様は毎年、花合せで互いの朝顔を競う今時分には必ずおいでになられます。そして植茂の朝顔を褒めてくださいます、正統な伝統朝顔だとおっしゃって。わたしが広瀬様の作られる変化朝顔を好かぬこともご存じです。なのでわたしの方も広瀬様の方を褒めたことは一度もございません。ですが一等を取るのはずっと広瀬様の変化朝顔の方です。わたしとしてはそれは悔しい。けれどもそうした勝負や結果と関わりなく、わたしと広瀬様の間には〝朝顔好き同士〟とでも言った方がよさそうな、心の通い合いがございます。ですから今年も広瀬様は花合せを前にうちの朝顔を観においでになっただけ、印籠はうっかり落とされただけのことだと思っています」

言い切った茂三郎は口を一文字に引き結んだ。

「広瀬様がここを訪れたのはいつのことだったか？」

青木はすかさず訊いた。

「さて――」

茂三郎が困ったように目を宙に彷徨《さまよ》わせると、

「夕立が酷かった五日前でした」

代わりに晃吉が応えた。

花恵が青木にも昼餉を勧めると、

「ありがとうございます。少し、あなたにも訊きたいことがある」

青木は晃吉の方を見た。

三人は昼膳に向かい合うと、

「この印籠だが」

青木は印籠をかざして、

「かなり泥まみれだ。広瀬様が盗みのために今日、ここへ来て落として行ったとは思い難い」

と断じた。

「ってことは盗っ人は御徒頭じゃないってことですね」

晃吉の言葉に、

「そういうことになる」

青木は大きく頷いた。

「だとするといったい誰がこんな酷いことを――」

花恵の声が震えた。

――まさか、そんな――

「花合せと朝顔商いについて聞かせてもらいたい」

青木は晃吉を凝視した。

「朝顔は種苗が手に入る月並みなやつは早さが勝負。市中にいの一番に出回ります。初めはそこそこの値ですが花合せが近づいてくると捨て値同然。あまり買われなくなります。というのは花合せで一等になった変化朝顔に高値がつくからです。これをどうしても欲しいって人は結構多い。なもんだから花合せこそ本当の勝負どころなんです」

「花合せは最優秀を決めるだけで、買い上げたりはしないと聞いている」

「たしかに出品されたものはそうですよ。けれどそいつを出すに際してはかなりの数、三十鉢以上の同じ変化ものが作られてるんです。そうでなきゃ、御徒の連中があれほど目の色変えてこの内職に励みやしません。植茂の場合、盗られたのは〝役者〟や〝源氏〟にしても一鉢こっきりじゃあないんです。これらには必ず〝役者〟

や〝源氏〟になるっていう種が伝えられてきてるんで、全部で五十鉢以上もがごっそり、持っていかれちまったんです」

「〝紫小町〟もその中に入ってるの？」

花恵は疑問を口にした。

「〝紫小町〟はお嬢さんとこの〝粋〟と同じくらいの数、五鉢程度かな。でも〝役者〟〝源氏〟〝粋〟に〝紫小町〟を合わせて、〝当世朝顔着物好み〟なんて名付けて一等になりゃあ、四鉢揃って欲しいってお大尽は法外な値をつけてくれます。当然、いつもの〝役者〟や〝源氏〟も高値になります」

「まさに盗まれた朝顔はお宝になりかけていたのだな」

青木は念を押した。

「でも、残念なことにもうどこにもありはしませんよ」

晃吉は俯《うつむ》いた。なぜか青木はまだ晃吉を見据えている。

「裏手の納屋を調べたところ、茶、白、挽茶色、鼠色の〝当世朝顔着物好み〟が一揃いあったぞ。あれはどういうことだ？」

「そ、それはその――」

しどろもどろになった晃吉を、

「盗みを徒衆の仕業にして、花合せで一等を取るための芝居だったという見方もできないわけではない。たとえそのためだとしてもせっかく手塩にかけて育てた朝顔はどうするつもりだったんだ？　どこぞに埋めたか、燃やしてなくしたのか？　残りの朝顔はどうしたのだ？　どこにある？」

青木は詰問した。

――そんな――、晃吉にそんな怖ろしいことができるわけがない――

花恵は青木に強い反発を覚え、知らずと青木を睨み据えていた。

「一揃いの〝当世朝顔着物好み〟を納屋に隠していたのはこんな時のためです。たとえ他は全部盗まれて商いにはならなくても、親方の心意気と肝煎としての誉れは守りたかったんです」

晃吉は青木の目をまっすぐに見て応えた。

「俺は奉行所同心だが草木に想いがある。植木職のおまえなら尚更だろう。おまえが一揃いを隠したのは金のためではなく、主のためだったと信じよう」

青木は大きく頷いた後、

「だが、そうなると誰が盗んだかということになるのだ」

急に声を潜めた。

「塚原父子とは前回のこともあって多少、縁もある。だから疑いたくて疑っているわけではないが、もう何十年も誰も試みて作れなかった黄色朝顔なら徒衆の変化種を倒すことができる。千太郎が後を継いでからというもの、蘭方が敬遠されてか、親父殿の時ほど医業も流行《はや》っていないらしい、医療器具屋や薬屋にもかなりの借りがあるようだ。黄色朝顔は薬用朝顔畑にあるものだけではなく、親父殿が暇つぶしも兼ねて作って隠してあり、一等になった暁にはここぞとばかりに放出、一儲けするつもりかもしれぬぞ」

8

――まあ、何というお疑いなのだろう――

花恵は愕然としつつもたまらなかった。

――せっかくお美乃さんや千太郎先生と親しくなれたというのに――

しばし呆然としていたのだろう、

「お嬢さん、そろそろ支度をなさらないと夢幻先生の会に間に合いませんよ」

晃吉にそう声を掛けられて、花恵は八丁堀に急いで戻り、支度を始めた。朝に思案して広げていた中で、白地に藍色の朝顔と竹の葉、ツユクサが描かれている京友禅の袋帯が目に入った。母が大事にした逸品だったが花恵もその帯を締める母が好きだった。それに合わせる単衣は淡い水色の無地の絽で、お貞の見舞いに行った時のいでたちよりも、しっとりとやや大人びて見える。

花恵が夢幻の屋敷の前に立った時、

「あなた様もこちらへご用ですか？」

背後から声が掛かった。わずかに上方訛りがあった。

振り返った花恵は、

「はい」

応えた途端、相手の美しさに圧倒されてしまった。年齢の頃は二十歳ほどで、整った顔立ちが冷たく見えないのは澄み切った目ゆえであった。

「幸彦《ゆきひこ》と申します。姉お福《ふく》に言われて早飛脚が箱根から届けてきた菓子を、こちらへお持ちいたしました」

——お貞さんの話ではたしか夢幻先生が行っていたというのは箱根だった——

「てまえどもは夢幻先生のような高名なお方に、わざわざ遠くまでお運びいただき、宇治茶に合う夏菓子をとご注文いただき大変感謝いたしております。何でも夏の油照りを払拭させることができる涼風のような夏茶会を、江戸の宇治茶問屋みやび茶さんが夢幻先生を引っ張り出して催すと聞いておりました。先生は茶席に不可欠な菓子の選定を任せてくれるのなら引き受けてもいいとおっしゃり、まさかと思っていたんですが、てまえどもに白羽の矢が立ったんです」

幸彦はそこに夢幻がいるかのように頭を深々と下げた。

梅雨が明けた今時分、時として梅雨に逆戻りしたかのような蒸し暑い日が訪れる。空はどんよりとした薄曇りで、風もなく湿気は多く、じっとしていても汗ばんでくる。じりじりと炙《あぶ》られるような息苦しいほどの暑さ、これが油照りであった。

「〝箱根屋《はこねや》〟でございます」

門を入って玄関に立った幸彦が声を張ると、

「旦那様より聞いております。よくおいでになりました。皆様、あちらでございます」

彦平が迎えてくれ、通された茶席用の客間には炉が切られている。お貞とお美乃が下座に向かい合って座っていた。花恵と幸彦は倣ってさらなる下座に向かい合った。

——わっ、いい男じゃないっ——

お貞の目がきらっと輝いた。お美乃はあえて幸彦を見ないが、そわそわした様子で膝の上で手をもみ合わせているので、大いに気になっているのがよくわかる。

——よかった、お貞さん、もうすっかり元気だわ——

すでに夢幻は磨りギヤマンの浅めの大皿に朝顔を活けて床の間ではなく、座敷の中ほどに設えていた。水を張った中に花留め代わりに丸く小さい水色のギヤマン玉が使われている。おそらく朝露に見立てたものと思われる。

——いいわね、こんなに沢山の朝露を朝だけでなく、こうして溢れるほど見ていられたら。夏の暑さがものすごく癒やされる——

花恵は感嘆した。

その花留めの上には淡い桃色、濃い桃色の地の蕊から白い五芒星が走っているもの、白地にうっすらと薄紅をはいたような朝顔が葉や蔓《つる》との均衡を保ちながら活けられていた。特に離れて水に浮くように咲いている純白のものがひとしお涼やかだった。

――夢幻先生のこの活け花をお美乃さんは手伝ったのね――

花恵の心は一瞬複雑な色に染まりかけたが、

――あら、でも――

気になる箇所を見つけてしまった。

向かいの幸彦の目も同じ所を見ていた。

二人の目が向けられているのは白く捻《ひね》ったような蕾《つぼみ》だった。しかも五個ほどあって、四個は咲いている朝顔の後ろに固まっているが、残りの一個は咲いている白い朝顔と一緒に浮いて見えた。

「どうやら不審に思われているようですね」

夢幻が快活に口を開いた。

夢幻の夏のいでたちは常に白一色の着流しであった。帯だけは数え切れないほど夏花を模したものを誂えていて、その都度気《き》儘《まま》に替えて締めている。夢幻が考えた絵柄蔓《つる》結びというのは、長めに作らせた帯を絵柄が見えるようにゆったりと締めた上、前か後ろか、斜めか、これまた気分で蝶型に結ぶ。花と虫とは切っても切れない縁だが、特に美しい蝶を夢幻は贔屓《ひいき》にしている。

「ええ、朝顔なのに開いていない蕾があるのはどうしてかと——」

花恵の疑問に幸彦が頷く。

「あら、明日の朝、咲くものだとばかり——」

お美乃の言葉に、

「ああ、でも、もう昼を過ぎているというのに朝顔がこんなに元気なのはおかしいかも——。あたし、あんまりこの活け方が素敵なんでそのこと、うっかり忘れてた。朝顔だったらもう萎《しぼ》む頃よ」

お貞は首を傾げた。

「だったら咲いてるのはいったい何？」

お美乃はやや言葉を荒らげた。その表情は、〝わたしがお手伝いして活けたものに文句つけないで〟と言わんばかりであった。

するとと夢幻は、

「咲いているのは皆、昼顔です。淡い桃色のは野生の昼顔、濃い桃色の地の蕊から白い五芒星が走っているものは取り寄せたハマヒルガオ、白地にうっすらと薄紅をはいたようなのはコヒルガオ、古来あったものです。水に浮き咲きしているのだけは彦平が小昼顔から変化させた変化昼顔です。わたくしは常々朝顔と同じように昼顔も花材にしたいと思っていました。朝咲いて昼には萎む朝顔のはかなさも美しいが、朝から夕方まで咲き続ける昼顔の逞しさを愛でたいと思ってもいたからです。それと朝顔だけを茶席の花にすると朝茶はできても、昼以降の茶席にはこんなによく似ているのに使えません、これも面白くない。それでこんな趣向を思いついたのですよ」

闊達な物言いをした。

「だとするとあの白い蕾は夕顔ですね、源氏物語に出てくる薄幸の女、夕顔と同じ印象の寂しげで繊細な――」

ここぞとばかりにお貞が言い放った。

「たしかにここで咲くのは乾瓢《かんぴょう》の花ですね」

幸彦の言葉に、

「乾瓢の花だなんて、そんな言い方止めてちょうだい」

　お貞は金切り声を上げた。

「夕顔はウリの仲間の乾瓢の花で朝顔とも昼顔とも種が違います。ですが透けて見えそうな薄く白い花弁に複雑な柄があって何ともはかなげで美しい花です。わたくしは是非ともこの花も花材にしたいと思っていました。この花の白さと涼しい様子が夏の夜の茶会にうってつけですから」

　そう告げて夢幻は微笑んだ。

「実はあたし、田舎でさんざん乾瓢の花を見てました。それから実になった乾瓢も。違いすぎるって思ってとても切なかったんです。乾瓢は食べられるし売り物にもなるけど、あの花とは違う。あの花が咲いている短い時の中にずっといたいって子どもの頃から思ってました。そのうちにこの花が源氏物語の夕顔のおかげで、夕顔と呼ばれることもあるとわかって、どんなにかうれしかったか――。でも、今、考えてみると落ちぶれた夕顔の姫君の家でも、乳母が暮らしの足しに乾瓢を育てていたのかもしれませんよね。あたし、乳母にならなれそう。そう思うと何だかおかしくて――」

お貞は少しだけ寂しそうに語った。

9

「みやび茶による茶会の席では本格的な点前となりましょうが、今日はわたくしなりの点前を披露させていただきます」

この後夢幻は、彦平に命じて井戸で冷やしてある極上の煎茶を運ばせた。

「この暑さの最中、湯を沸かして茶を点てるのはいかがなものかと思ってのことです。利休の言葉に打ち水三露《さんろ》というものがあります。夏、涼を取るための水まきのことで客が茶室に入る前の路地、初座を終えて茶室を離れ路地に立ってつかのま涼を求める時、そして会席膳を済ませて退席、家路に着こうとする前に行う打ち水のことです。しかしこれは茶室が別棟になっているという前提です、わたくしのところのように座敷に炉が切ってあっては打ち水はできません。利休の夏茶の心が涼にあったならば打ち水三露に固執することはなかったでしょう」

そして、幸彦が届けてきた菓子が振る舞われることになった。水色、桃色、紫、白の煉り切りが小指の爪ほどに切り揃えられ手鞠のように形作られている。

「紫陽花《あじさい》ですか？」

お美乃が言った。

「いえ」

幸彦は穏やかに微笑みつつ首を横に振った。

「でも、どう見ても――」

お貞が首を傾げる。

「紫陽花ならこの色はないはずです」

幸彦は煉り切りの上に散っている黄色の錦玉羹《きんぎょくかん》を目で指した。錦玉羹とは寒天と砂糖を水飴を加えて煮詰め、型に流し入れて固めたものである。この錦玉羹が黄色に染められて散らされている。

「それに黄色い露もありません」

さらに幸彦は言い募った。

「このあたりでこの菓子の名を教えてあげてください」

夢幻に促された幸彦は、

「この菓子の名は〝花火朝顔〟です」

きっぱりと言い切った。

「これのどこが朝顔に似ているっていうの？」

お美乃の眉が上がった。

「〝花火変じて朝顔菓子となる〟として作り手の姉が命名しました。夢幻先生も賛成してくださいました」

幸彦のこの言葉を夢幻が受けて、

「前に江戸に住んでいたお福さんはわたくし同様、どうして市中の人たちは変化朝顔にこれほど熱い想いを持つのかと不思議に思われていたそうだ。そしてある夏、両国の花火を観ていて変化朝顔狂乱の理由は花火にあると閃《ひらめ》いたのだとか――。夏の花火も人々の血を沸かせるたいした催しです。そしてあの花火の形は全体では丸いが個々は軽く曲がった細い筋です。あの様子が人々には堪らない。それで変化朝顔の花弁や葉が伸びてあそこまで尖ったり、細まって湾曲させたりしたのではないかと――。人々は変化朝顔に自分だけの華麗な花火を観ようとしたのだと――。あるいは夏に一度しか観ることのできない両国の花火をもう一度観たいという想い

──。なるほどとわたくしは思いました。得心するあまり、変化朝顔が前より好ましく思えてきたほどです」

　という説明を加えた。

「それではこの黄色は花火の色なのですね」

　花恵は頷いた。

「とはいえ、両国の花火は赤と黄色ですよ。紫や水色、桃色なんて花火の色じゃないわ」

　お美乃が口を尖らせると、

「そりゃあ、あなた、赤と黄色のお菓子なんて色味が強すぎて風情がないもの。それで色味は本物の朝顔にしたんだと思います。奇しくも黄色朝顔まで江戸市中に出てきたとは箱根の作り手は知らないだろうから、黄色い錦玉羹を本物の花火に見立てたんでしょうね。たしかにこれ、透き通ってて花火ならではの光を感じる」

　何とかお貞が説き伏せた。

〝花火朝顔〟を食べて、冷たい煎茶をギヤマンの茶碗で啜り終えるとお開きになった。彦平が、花恵とお貞にはしばらく待っているように伝えた。

幸彦が帰り支度を始めると、

「わたしもこれから帰るところです。空はそろそろ暮れてきています。途中までご一緒してくださるとどんなに心強いか――」

さらりと甘えて、いそいそとお美乃も立ち上がった。

「てまえでお役に立つことでしたら」

困惑気味ではあったが、幸彦はお美乃と連れ立って帰って行った。

お美乃の後ろ姿が見えなくなったところで、

「花恵ちゃんと幸彦さんが来るまでは、お美乃さんが彦平さんにもたまには楽をさせてあげたい、だから夢幻先生に自分の手料理を振る舞いたいなんて言い出して大変だったんだから」

お貞はふうと安堵のため息をついた。

「青木の旦那が彦平さんに朝顔のことを訊きに来てたわ。まあ、医業がちょい左前なのは確かだしお美乃さんは派手好きで通ってるし、ご隠居さんは朝顔十傑ですもん。あそこんちの黄色朝顔が一等になれば簡単に盛り返せるし、お美乃さんは贅沢三昧、目立ちたがり屋のご隠居さんだっていろいろな席に呼ばれて鼻高々。羨ましいほどお金も誉れもついてくるってことだもの――、疑うのは無理ないよ」

「そんなものかしらねえ」

花恵は黄色朝顔見物の行列にうんざりした顔をしながらも、個々の見物客たちには〝そこは滑るわよ、お婆ちゃん〟とか、目が不自由な相手には〝黄色はね、時に匂うものなのよ〟などと言って、黄色朝顔に相手の鼻を近づけてやっていたお美乃の意外な親切心に想いを馳せた。

――違う、絶対お美乃さんは盗っ人の仲間なんかじゃない。千太郎先生だってお父様だってそんな方々であるわけない――

花恵はそう叫びたかった。

それから一刻（二時間）ほどが過ぎ、外は暗闇に包まれている。

「それにしてもどうしてあたしたち、まだ先生に呼ばれないの？　何か準備されているのかしら？」

お貞が愚痴りはじめた時、

「先生がこれをお二人に」

彦平が夢幻の書いた文を持ってきた。

塚原屋敷の裏手にある忍冬《すいかずら》の垣根近くの大銀杏にて待つ。急ぎ来たれよ。　夢幻

「夢幻先生はあそこの親子の仕業だという動かぬ証《あかし》を摑んだんだわ、きっと」

お貞は大きく頷いた。

――この手のことで夢幻先生に間違いなどあり得ない、やはりそういうことなのかしら――

花恵は堪らない思いを、極力振り切らなければとお貞と共に千太郎やお美乃の住む屋敷へと急いだ。

二人は静かに塚原屋敷の裏木戸にある垣根へと近づいた。垣根の忍冬が花盛りでこの花は夕方から強く香り始める。忍冬の花や葉は漢方薬として利尿、健胃や解熱作用、浄血作用があるとされていて医者の家の垣根には欠かせない。

――忍冬は役に立つだけではなく、白や黄色の綺麗な花を咲かせるというのに、どうして今は黄色朝顔なの？――

花恵は憤懣ともやるせなさともつかない複雑な気分に陥っていた。

10

「ここだ、ここ」

大銀杏の方から夢幻の低い声が聞こえた。お貞が動き、花恵もそれに従う。

夢幻が大銀杏の後ろに設えてある縁台に腰かけている。見事な大銀杏の幹は縁台の幅ほどもある。

「まあ、掛けなさい」

夢幻を間に挟んで二人は腰掛けた。

ぴしゃっと乾いた音がして花恵の頬が張られた。

「痛っ」

「のんびり蚊に刺されているようでは見張りはできぬぞ」

一方、お貞は何度も縁台から腰を浮かして、

「お貞、腰を下ろしたままでいろ。目を耳にして忍冬の茂みの音だけを聴け」

鋭く夢幻に窘《たしな》められた。

「塚原屋敷の薬草はとかく狙われる。だから裏木戸には鍵が掛けられている。しかし垣根までは守れない。前に効き目のいいここの忍冬が狙われて丸坊主にされたことがあった時、先代が考えて弟子たちにここから交替で見張らせたそうだ。その話を聞いて思いついた。敵は必ず忍冬の垣根を押し分けて、黄色朝顔が咲いている所へと行こうとするはずだ」

夢幻は囁《ささや》くような声で言った。

「黄色朝顔は自分たちの屋敷の中にあるのでしょうから、そんなことをしなくても——」

お貞の極力低めた声に、

「敵はこの屋敷の者ではない」

夢幻は言い切った。

——それではいったい、誰だというの？——

花恵は頭が混乱してきた。

「今にわかる」

夢幻の声は自信に満ちている。

「茶でも飲んで待とう」

花恵とお貞は夢幻が手渡してくれた竹筒の茶を喉へと流した。二人とも渇いていた喉は潤ったが味はしなかった。

――何とかお役に立たなくっちゃ――

全身を耳にしているお貞に花恵も倣った。

――でも、あたし、三味線もお琴もそこそこでそんなに耳がいいわけじゃない――


突然、忍冬の垣根から鈴の音が鳴り響いた。

「行くとするか」

夢幻は悠揚迫らぬ態度で立ち上がった。

「この始末はつけねばな」

二人は後に従う。

音のした場所では青木と灯りを手にしている晃吉、それに刀を抜いている見知らぬ若い侍の姿があった。

「これのおかげっすね。夜鍋《よなべ》で青木様と取り付けた甲斐がありやした」

晃吉が照らし出した忍冬の垣根には、間隔を空けて大鈴を吊るした紐が端から端まで渡されていた。

「御徒頭広瀬孫太夫様が四男右近様とお見受けいたしました」

夢幻は青木たちの前に立った。

「なに奴っ」

右近の刀の切っ先が夢幻に向けられた。

「わたくしは市中にて活け花を手ほどきいたしております静原《しずはら》夢幻と申します。本来士分のお方とは袖は擦り合わせてはならぬとわきまえておりますが、わたくしの飯の種にしてかけがえのない相棒の草木、わけても今時分は我が世の春とばかりに咲き誇る朝顔のことにて節介をさせていただいた次第です。このような恥ずべき行いをお父上がお知りになったらどれだけ嘆かれることか――」

夢幻は凜とした声で諭した。

すると右近は刀を下げ、

「しかし、広瀬家の変化朝顔に翳りありとなればそれがしの婿入り話も立ち消えになってしまう。わたしを婿にと望んでくれている相手の家は格上なだけではなく、妻になる娘御は市中で一度会った時からそれがしの夢に日々、現れるほどなのです。いいえ、幼い頃からの夢にも出てきていたような気さえします」

　夢幻の凜とした姿を前に、心もとない声で語り始めた。

「千載一遇のこの縁組、決して逃したくはありません。それには今年もいつもの年のように当家の変化朝顔が花合せで一等の栄誉に輝きませんと——。それがしは四男の部屋住みの身で次男、三男の兄たちの婿入りを目の当たりにしております。如何にこの手の縁組が壊れやすいか身に沁みていたのです。兄たちは胸ときめいた相手とは添っておりません。それがしはそんな縁組が嫌だったのです。どうしても、どうしても、想う相手と添いたかった。それでこんなことまで——申しわけございませんでした」

　やにわに右近は地べたに座ると手にしていた刀を腹へ突き立てようとした。

「もう、それがしにはこれしか道はありません」

　花恵が驚いたのも束の間、

「お止めなさい」

夢幻がゆるりと飛び掛かって、難なく右近から刀を奪い取った。

「お願いです。今ここでそれがしが死なねば家名に傷がつきます。悪くするとお家断絶――」

右近は必死に刀を奪い返そうとする。

「たとえあなたがここで死んでも、わたくしたちが真相を瓦版屋にぶちまけますよ。人の口に戸は立てられません」夢幻は右近に優しく語りかけた。

「それとお父上はあなたが思っておられるよりずっと子ども想いの上、器の大きなお方です。そもそも草木を育てるのは子育てと同じなのですから。愛情はもちろんのこと知恵も度胸も要るのです。格上の相手の家へ乗り込んで、あなたにつける持参金と目録を渡した時、〝ただし今年の花合せでの勝負は勘定に入れておりません。勝負は時の運ですし勝っても負けてもこれは元々わたしの道楽ですから〟とおっしゃったそうです。相手の家はあまり楽しくはなかったでしょうが、何より娘御があなたと添いたいと。添わせてくれねば大川に身を投げるとまで――。まさに相思相愛の縁組、当世なかなかないことです」

「ほ、本当ですか」

知らずと右近はしゃきっと胸を張って立っていた。

「まことです」

大きく頷いた夢幻は、

「これでもまだ死にたいですか？　死にたくなければここから早急に立ち去ってください」

そう言って微笑んだ。

11

茂三郎と花恵が丹精して育てた五十鉢以上の、〝役者〟〝源氏〟〝粋〟〝紫小町〟はとうとう見つからず仕舞いだったが、晃吉が納屋に隠して残していた〝当世朝顔着物好み〟が今年の一等の誉れに輝いた。

「文句なしの一等ではないが瀬川春之助さんは草葉の陰から喜んでくだすったろう」

茂三郎は目を瞬《しばた》かせた。文句なしではないというのは息子の行状と青木の寛大な措置を知った朝顔十傑の御徒頭広瀬孫太夫が、今回の出品を辞退したからであった。〃当世朝顔着物好み〃の勝利は闘う相手なしの不戦勝となった。

塚原家でも珍しいはずの黄色朝顔はなぜか出品されなかった。これについてはお美乃が、

「うちの薬用朝顔、実は昼顔だったのよね。昼顔って朝から晩まで咲いてるんだけど、わたし全然気がつかなかった。往診に忙しいお兄様もよ。教えてくださったのは夢幻先生。あの日、活け花に昼顔が要るからって、畑から摘まれたのよね。それで昼顔だってわかったってわけ」

説明を始めた。

「なーるほどねえ」

お貞の表情は言葉とは裏腹である。するとお美乃は必死に続けた。

「今みたいな形のいい漏斗型になる前の朝顔は今の昼顔みたいにぼてっとしてたっていうから、わかるはずないわよね。もっともお父様は知っててわたしたちに隠してた。野にあったのを摘んできて、薬用にと増やしつつ、密かに黄色のを咲かせようとしてたんだから、相変わらずお父様、ちゃっかりしてる。呆れたわ。でも、ま

あ種を他人様《ひとさま》に売ったりしなかっただけマシよね。昼顔の種には阿片に似た毒性があるそうだから。今度のことがあってさすがのお父様も昼顔を朝顔と偽って花合せに出すなんてこと、できなくなったんでしょうよ」

「それで押しかけてくる見物人には黄色朝顔ならぬ、黄色昼顔だって言ったの？」

そこでお貞は悪意からではなく、素朴な疑問を投げた。

「言えないわよ、そんなこと。その代わりに黄色朝顔は残らず新種の夜盗虫《よとうむし》に食い尽くされてしまったことにしたの。花が食べられてしまっては種ができたら分けてくれなんていう人、いないでしょうから。そうしたらもう並ぶ人もいなくなった。人の噂も七十五日、そのうち黄色朝顔のことなんて皆、けろりと忘れてしまうわ」

お美乃はさらりと返した。夜盗虫とは毒草以外は食するという大型蛾の幼虫の一種である。

「わたし、一つ、どうしても腑に落ちないことがあるんだけど訊いてもいい？」

花恵は頬杖をついている。

「どうぞ、何なりと」

変わらずお美乃は屈託がない。

「なぜ、あの夜、右近様はここの黄色朝顔を盗もうとしたのかしら？」

「そりゃあ、肝煎と花恵さんの〝当世朝顔着物好み〟同様、盗んでなくしてしまえばいつも通り、自分のところのが一等になれると思ったんでしょうよ」

お美乃ははきはきと応えた。

「黄色朝顔、たしかに珍しいけれど、広瀬様のところの彼岸花に似た花火みたいに綺麗な変化朝顔に勝てると思う？」

さらに花恵は訊いた。

「そうねえ、正直に言って、わたし、黄色朝顔が綺麗だなんて思ったこと一度もないのよ。萎びた胡瓜の花みたいで——。昼顔だってバレなくても見事な〝当世朝顔着物好み〟や広瀬様のところのに勝てたかどうか——」

お美乃のこの言葉に、

「だとしたら、どうして右近様はここのを盗んでなくそうとしたのかしら？」

お貞はしきりに首を傾げ花恵は頷いた。後日、この謎は彦平によって解《と》かれた。

「騒動は落ち着いたことですし、もうそろそろ申し上げてもよろしいでしょう。仕組まれたのは旦那様です。黄色朝顔にさらに新種ができて、その様子は天上の光を

けど、花恵ちゃんのほおずきで閃いたのよね。朝顔の顔は開いてる時だけじゃないって。ちょっとした洒落かな、ふふふ」

お貞が茶目っ気たっぷりに笑った時、戸口から青木が入ってきた。

「ほおずきの鉢、礼を言います。母がとても喜んでいました」

「まあ、かけてください」

花恵は青木をお貞と並んで縁台に腰かけさせた。

――お似合いじゃないの――

このところお貞は大柄のふくよかさは変わらないものの、めっきり肌つやが良くなっているように見えた。

「実はね、花恵ちゃんだけに言う内緒の話だけど、あたし、このところ銭湯行きを増やしてるのよ。やっぱり違うのよね、これが」

などともお貞は打ち明けていた。

青木も重箱の朝顔大福に手を伸ばした。

「これならわたしでもできそうだ」

青木の呟きに、

「餅菓子をなめたら駄目よ。いい塩梅の餅皮や漉し餡作るの、結構大変なんだから。手早さも要るしね」

お貞は手厳しかった。

「そんなことより、あのこと――」

お貞は青木を促した。

――えっ、何？　二人のことで大事な話でもあるの？――

花恵は咄嗟に息を詰めた。

「その手のことは上手く話せないもので」

青木はお貞に乞うような目を向けた。

「仕様がないわね。旦那と相談してたんだけど、ほおずきをいただいたお返しをしたい、花恵ちゃんに何か二人で贈りたいってことになったのよ」

「そんなことしてくれなくてもいいのよ。ほおずき作りは仕事なんだし」

あわてて花恵は辞退した。

「それはあり得ません。母もそう申しております」

青木はきっぱりと言い切った。

——あの凜として御立派なお母様の薫陶なのね——

花恵が少なからず困惑していると、

「ほおずきの暑中見舞いって、花恵ちゃんがあたしたちとの絆を大事にしてくれてるってことよね」

お貞は念を押した。

「ええ」

「だったらあたしたちだって同じ思いだってこと、形にしなきゃって思ったのよ。そこで考えたのがお揃いのほおずき柄の浴衣、あたしとよ。浴衣地は旦那のお母様が都合してくれて、縫うのはお母様自身がやってくださるそうなの。ほんとはもう取り掛かってくださってるのよね。これを着て四万六千日《しまんろくせんにち》の縁日に出かけようっていう趣向なの。花恵ちゃん、楽しみにしてくれるわよね」

畳みかけられたこともあって、

「ほおずきの鉢一つのお返しが浴衣だなんて申しわけない」

花恵はまだ困惑していた。四万六千日とは観世音菩薩の縁日のうちの〝功徳日、欲日〟でこの日に参拝すると四万六千日お参りしたのと同じ御利益があると言われている。

そこへ、

「お邪魔してまーす」

いつ入って来ていたのか、お美乃の明るい声が響いた。

「聞いてしまったわ。ほおずき柄の浴衣の話。わたしも混ぜてよ。わたしだってほおずきの鉢を花恵さんからいただいてるんですもの」

お美乃は最後の一言だけはやや強い口調で言った。

「お美乃さんのところの薬草園にもほおずきはあるだろうとは思ったんですけど、他に思いつかなかったものですから」

ほおずきの実には咳止めや解熱、利尿の薬効があるとされている。

「でも、同じ柄の浴衣地がもう一反見つかるかしら？」

お貞は青木の方を見た。

「母の話によればほおずき柄の浴衣地は、知り合いの染物屋が呉服屋に十反ほど納めるはずだったものの注文流れなのだそうです。急に先方がほおずき柄は縁起が悪いなどと言い出したとかで。ですから増えても大丈夫です」

花恵とお美乃の両方に微笑んだ。

「だとしても、そう時もないのに三人分もなんて——旦那のお母様に申しわけがない」

さらにお貞は案じて見せたが、

「母の仕立物は早くて丁寧だと定評がありますし、何より人に頼られたり、世話をするのが好きなのでむしろ喜びます」

青木は相好を崩した。

2

「よかった。わたし、早速明日にでも八丁堀のお役宅へ伺ってお母様にご挨拶します」

お美乃は青木に大袈裟に深々と頭を垂れた。

「浴衣、どんな柄なのかしら？　ちょっと気になるわ。お母様、もうお縫いになっておいでなら青木様はご存じでしょう？」

などともお美乃は言い、

「しかし、その手のことには不案内なのでどう言葉にしていいものか――」

青木が当惑していると、

「辛子色の地に白い朝顔と紫色のほおずきの実、帯も対になってて紫の濃淡の縞模様よ」

お貞が説明した。

「あら、白地や紺地じゃないのね、珍しい。辛子色と紫、結構粋だわ」

お美乃はややはしゃぎ気味になり、

「一番似合うのたぶん、お貞さんよ」

そう続けるとお貞の目が尖った。

「米俵が縕袍《どてら》着てるみたいで、一番似合わないのはあたしでしょうよ」

お貞の言葉に、

「わたし、そんな意味で言ったんじゃないのよ」

さすがのお美乃も狼狽《うろた》えた。

「まあ、井戸で冷やした甘酒でもいかが？」

咄嗟に花恵はその場に流れる気を変えようとした。甘酒は夏でも温めて飲まれていて、冷やしての飲み方は珍しい。

「ほう、冷やした甘酒ですか。いいですね」

青木も二人の剣呑《けんのん》さに閉口気味であった。

――ほおずきの暑中見舞い、お貞さんと青木様のわたしへの気遣い、厚意のはずがとんでもないことになりつつある――

花恵はすっかり気が重くなっていた。三人の方を見るとぴたりと会話が止んでいた。

「お嬢さーん」

戸口で聞き慣れた声がした。晃吉であった。

「浅草寺の縁日に出す冬瓜《とうがん》の苗をいただきにきました」

ずかずかと入ってきた晃吉は、

「お、餅菓子、朝顔の蕾ですよね」

すぐにお貞の手土産に歓声を上げた。

「あら、よくわかったわね」

お貞の言葉から棘《とげ》が抜けた。

「見損なっちゃ困りますよ。こう見えても植木屋なんすから」

晃吉はわざと大きく胸を反らせて見せてから、

「実は当て推量だったんすけどね」

と言って頭を掻き、おかげで一同は思わず笑みをこぼして和んだ。

花恵が冷やし甘酒を配り、晃吉がお貞の餅菓子を頬張っていると、

「ほおずき市に冬瓜の苗なんて出すのですか？」

お美乃が訊いてきた。

「わたしも食べて行かなくてはなりませんから。ほおずきは実を沢山つけさせるには秘伝があるからわたしが育ててもおとっつぁんたちには敵《かな》わない。それで花が咲いて実もついてお菜になる、お得な冬瓜の苗を育てたんです。これだとほおずきより安いし、花も結構綺麗なんですよ」

花恵は冬瓜の花が咲いている鉢植えと苗を分けて皆の前に並べた。親指ほどの大きさの黄色い車状の花は可愛らしく、広めの葉には切れ込みの妙があった。

加茂瓜とも言われる冬瓜は古くから作られてきていて、固い果皮の皮を剝き種を

除いて果肉の軟らかい食感を楽しむ。白い果肉の味は控えめで癖がないので、煮物、汁物、漬物、酢の物、和え物、あんかけ等様々な具に用いられる。

「それじゃ、預かります」

晃吉は曳いてきた大八車に鉢と苗を載せた。

「おとっつぁんによろしくね」

そう伝えた花恵は晃吉がこのまま大八を曳いて帰るのだとばかり思っていたのだが、

「どうせ、皆さんは縁日、四万六千日はご一緒なんでしょ」

何かもの言いたげに帰ろうとしない。顔は笑っているが目は拗《す》ねている。

「まあ、そうね」

お貞が頷いた。揃いの浴衣を着て四万六千日、浅草寺の華やかな縁日へ行くという趣向を考えついたのはお貞であった。市が立って賑やかに露店が並ぶ四万六千日は庶民の夏の大きな楽しみの一つだ。

「わたしはお兄様も連れ出そうと思ってるの。青木様はお母様とでしょう？」

お美乃は屈託なく言った。

「ええ。母が信心深いので毎年四万六千日の参拝には一緒に行きます。縁日は夕方からなので行きません。母は夜道が嫌いなので」

青木は応え、お貞は、

「残念」

表情に失望の色を隠せなかった。

「本当に残念。青木様とご一緒できないなら晃吉さん、あなた来ない？　仲間は多ければ多いほどいいじゃない」

お美乃は晃吉を誘った。

「え、いいんですか」

晃吉は驚きを装った。

——誘われるのを待ってたくせに。お美乃さん、晃吉に見事に操られたわね——

花恵は双方に呆れた。

「もちろんよ」

「それじゃ、お言葉に甘えて。お仲間に加わらせていただきます」

晃吉はぺこりと頭を下げた。帰り際に花恵が、

「晃吉、よかったわね」

と耳元で囁くと、

「これでやっと俺もお嬢さんたちの仲間っすよね」

晃吉は弾むような声で応えて、

「お美乃さんって綺麗だからそれを鼻にかけてる気取り女だと思ってたけど、見かけによらず親切でいい人なんですね」

ふと洩らした。

その後、青木とお美乃も帰って行きお貞一人が残った。

「何だかおかしなことになっちゃったわね」

切り出したお貞は慌てて、

「あ、晃吉さんのことじゃないわよ。来てくれるのは大歓迎。だけど――」

説明を加えた。

「お美乃さんってどうして、図々しいこと平気で頼むし、こっちが言おうとしてること、これみよがしに先に言うしで、何であア出しゃばりなんだろう?」

お貞は憤懣を吐き出した。

「思ったこと、知りたいことを口に出さずにはいられない女《ひと》なのよ。悪気はないんだと思うわ」

「でも、こっちはすごく不愉快よ。青木の旦那だってきっとそう――花恵ちゃんだってそうでしょ」

――お美乃さんが分け入って来てからというもの、お貞さんと青木様のいい感じ、壊れちゃってたもの、無理もないかも――

「憎めない女よ」

花恵はさらりと躱した。

「何言ってるのよ、花恵ちゃん。夢幻先生のことでさんざんお美乃さんには悩まされてたでしょうが――」

お貞は諦めずに急所を突いてきた。

「それはそうだけど、夢幻先生にとってお美乃さんもわたしも取り巻きの一人にすぎないのよ。そしてお美乃さんはただただ夢幻先生に憧れてるだけ。わたしの方はお貞さんと先生の別の顔につきあってるせいで、もう少し先生の深いところがわかってる。でも少しなのよね。その少しも漠としかわからない。まだまだ別の顔がもっとあって、そこには決して入れてもらえない気がする。それって、とっても切ないことよ」

　話し終えた花恵は、

　――とうとう胸の裡《うち》のわだかまりを口にしてしまった。危うく先生宛ての破った文のことも話してしまうところだった――

　心の中でふうと安堵のため息をついた。

「辛いね、花恵ちゃん」

　お貞が掠《かす》れた声を出した。

「あたし、このところ青木の旦那との間が気のせいか縮まってすっかり浮わついてたみたい。花恵ちゃんの好きな相手はただでさえよくわからない夢幻先生だもの、花恵ちゃんはあたしよりずっとずっと苦しんでるはず。ごめんね」

　花恵も目がじんとしてきた。

「お互い辛いね」

　お貞はしんみりと呟き、花恵はこくりと頷いていた。二人とも目が濡《ぬ》れていた。

3

それから何日かが過ぎて、驚いたことに夢幻から花恵の元に文が届いた。

夏の箱根は湯治というよりも草木が素晴らしいので魅せられます。活け花に携わる者にとってはまさに五感が洗われるようです。芦ノ湖湖畔の葭原《よしわら》に静寂を縫ってギョギョッシ、ギョギョギョッシとやかましくも高く透き通った美しい声で鳴く鳥がいます。これは葭切《よしきり》とも行々子《ぎょうぎょうし》とも葭原雀とも言われている水辺の小鳥で、鶯《うぐいす》に似た姿の鳥で羽の色は淡褐色です。渡りの夏鳥で、人前に姿を見せない鳥なのだそうですが、箱根屋のお福さんのおかげで見ることができました。

——お福さんって、あの〝花火朝顔〟——

ここまで読んだ花恵はがんと頭を殴られたような気がした。

夢幻の文は続いていた。

わたくしは以前、活け花に行き詰まっていた時、幻の葭切を見たくて湖畔を歩いていたら、お福さんに会いました。お福さんの立っているすぐ近くでギョギョッシという鳴き声がして、頭上の木の枝に葭切がいたのです。まるでお福さんに吸い寄せられたかのように。その時お福さんは「葭原で夏を告げる小鳥の巣に、時鳥《ほととぎす》や郭公《かっこう》が卵を託しに来るのです」と教えてくれました。

花を活けるのは花の命をいただいて、一時虹のように輝かせることです。活け手の名声とか人気とは関わりのないものなのです。わかっているつもりでしたが多忙な日々の中で忘れかけていたのだと思います。葭切を通した命の巡りを目の当たりにして改めて気づけたのです。

——あの自信に満ちているように見える夢幻先生にもこんな深い悩みがあったなんて——

花恵は先を読むのを急いだ。

創作菓子の作り手であるお福さんは片時も初心を忘れないゆえに、常に季節の移ろいや草木、鳥獣虫魚等の命の尊さを菓子に託せるのです。お福さんが〝よしきり〟と名付けた菓子は、一見変哲もない薯蕷饅頭《じょうよまんじゅう》です。大和芋を使ったフワッとした優しい食味の皮の中身は餡ではなく、七色に染め分けられた細かな砂糖粒が乱舞している白地の求肥《ぎゅうひ》で、淡褐色の皮とその白地は葭切の羽を想わせます。求肥は噛み応えがあって、ふと葭切の甲高くも美しい声を思い起こしました。また、七色の砂糖粒には葭切が冬を越すという、まだ見たことのない南方の花を想い描けます。

花恵が贈ったほおずきについては最後に書かれていた。

お贈りいただいたほおずき、面白い花活けに使わせてください。必ずお気に召すことと思います。

夢幻

花恵様

花恵は最後の一行を抱き締めたい気分に陥った。そして達筆で書かれた夢幻の文をとっておきの螺鈿《らでん》の文箱《ふばこ》にしまった。


四万六千日当日夕刻、花恵が紫色のほおずき柄の浴衣に着替えていると、

「迎えに来ました」

晃吉が戸口から入ってきた。晃吉は白地の生成りに黒い帯を締めている。結い直した町人髷も決まっていた。

「相変わらずお洒落ね」

花恵の言葉に、

「お嬢さんにご一緒して恥を掻かせたらいけやせんから。それにこれは親方から譲り受けました。親方に四万六千日の参拝を誘われた時、〝お嬢さんたちと参拝を兼ねて縁日に行くんです〟と言ったら、〝しっかりしろよ〟なんて言ってくだすったんです」

得意満面の晃吉は両袖の端を引っ張って奴《やっこ》の真似をして見せた。

——おとっつぁんたら、まだ諦めていないんだわ——

茂三郎は、調子者で頼りなげだが根は多感で優しいところのある晃吉を花恵の婿にと願っていた。

「いったい何をしっかりしろというのかしら、おとっつぁんは」

花恵はわざと呆れ顔になってみせた。

「それはまあ、いろいろ、いろいろで――」

赤面した晃吉は、

「お荷物お持ちします」

花恵の巾着袋をちらと見た。

「止めて。巾着袋くらい自分で持てるから」

花恵は晃吉の先に立って戸口を出ると足早に浅草寺へと向かった。

花恵の気持ちは夢幻の文を読んでからというもの、複雑だった。

「お嬢さん、足、速いですね」

晃吉はわざと遅れて後ろを歩いている。

「とても追いつけませんや」

息を切らせて見せた。

「さすが花仙のおかみさん、鍛えられてますね。まさに女植木職の鑑《かがみ》ですよ」

見え透いた世辞も加わる。

「それもいい加減にして。日頃、あの厳しいおとっつぁんの下でやってる晃吉と比べれば、あたしなんて赤子がそのへんを這ってるようなもんよ。暑苦しい言葉はもう沢山」

やや声を張った。

「そんなつもりじゃ――」

さすがに晃吉の声はくぐもった。

「そんなつもりじゃなきゃ、どんなつもりよ」

「お嬢さん、どこか具合でも悪いんじゃあ――」

案じる顔とは裏腹に腹の中でにたりと笑っている晃吉が見えるようだった。

――いけないっ、このままでは〝喧嘩するほど仲がいい〟という術に嵌まってしまう――

「まあ、このところ息をするのも苦しいような暑い日が続くから」

花恵はうっすらと作り笑いを浮かべて見せた。

「たしかにそうですね」

やっと晃吉の言葉が途切れた。その代わり、後ろではなく隣に並んだ。

お貞は花恵とお揃いの浴衣姿で浅草寺の山門の前で待っていた。地の辛子色が白い朝顔と紫色のほおずきを強烈に引き立たせている。並みの粋とは異なる注文流れの浴衣は、大柄でやや浅黒いお貞によく映って見えた。

——たしかにお美乃さんの想像した通り、一番この柄が似合うのはお貞さんかもしれない——

もうしばらくで陽が落ちようとしている。空は薄暗くなってきてはいるものの、屋台を照らす灯りの数は増える一方で、人出も多く華やかな賑わいを見せている。

ほおずきと並んで吊るした赤トウモロコシも人気であった。その昔、甚大な落雷の被害が出た時、赤トウモロコシを吊るしていた農家だけが無事に落雷の被害を免れたことから、雷避けとして売られていた。

その他にも縁起だの、長寿だの、お洒落小物や化粧道具だのといった品に人が集まっている。お札やお守り入れ、根付、薬、櫛、糠《ぬか》袋等を売る屋台が多数軒を並べていた。

4

「まずは花恵ちゃんの冬瓜の苗、見つけましょう」

お貞は先に立って歩き始めた。

「あ、あそこよ、あそこ」

お貞が叫んで人ごみを掻き分けていく。花恵と晃吉も後に続く。

花仙の冬瓜苗は南瓜や瓢簞《ひょうたん》、乾瓢、白瓜の苗に混じって売られていた。〝いろいろ苗屋、お役立ちお得です〟と看板に書いてある。客たちは不思議そうに眺めてはいくが中々立ち止まらない。

――仕方がないわ、他に沢山気になる店があるんだから――

花恵がふうとため息をつきかけた時、
継ぎの当たったつんつるてんの小袖を着た幼い女の子が、思い詰めたような顔で、売り子を兼ねた女店主に話しかけた。

「あたいお金持ってないんだ。だから代わりにあたいの芸、買ってくれない？」

女の子は中身を取り除いたほおずきの実をついと片袖から取り出すと、ブッブッブォとかなり大きな音で吹いた。

「わっ、大きな屁みてえな音」

思わず口走った晃吉を、女の子は睨み据えながらブッブッブォブッブッブッと鳴らし続ける。

ほおずきの熟した実のへたに爪楊枝で小さな穴を開けて中身を除き、綺麗に水洗いした実の皮はほおずき笛といって、子どもたちの恰好の遊び道具である。

「しっかりしたいい音ね」

花恵は微笑んだ。

自分も子どもの頃同じように遊んだことがあったが、せいぜいがキュッキュッでこれほど大きな強い音は出せなかった。気の抜けたような頼りない音が我ながら少々物足りず、それでほどなく飽きてしまったのを覚えていた。

「たしかに上手ね」

お貞は感心し、

「ほおずき笛の筋いいよ、とっても。俺なんてプップップだったもん、あっこれもあれだな」

晃吉は下手に取り繕った。

しかし、女店主は、

「そんなにいい音のほおずき笛、初めて聴いたよ。よほど練習したんだろう。けどほおずき笛はほおずき笛だからねえ。小母さん、ほおずき笛でここのを売ったら旦那に叱られちゃうんだよ。ここの苗だって皆汗水垂らして育ててるんだからさ」

一目で農家の生まれとわかる素朴な印象の女店主は気の毒そうに首を横に振った。

すると、女の子は口からほおずき笛をぺっと掌に吐き出して片袖にしまうと、

「銭はこれしか持ってないんだ」

汗ばんだ手で握りしめていた一銭を見せた。

「ごめんね」

とうとう女店主は女の子から顔をそむけた。

「ここのどんなものが買いたいの？」

花恵はその女の子に訊いた。

「病気のおっかさんの滋養になるもの。薬が買えないなら滋養を摂らないと夏風邪

もよくならないって、紫陽花長屋のおばさんたちが言ってるから」

「それじゃ、きっとこれ」

花恵は花が咲いている南瓜の苗を手に取ると、代金を女店主に渡した。

「でもね、ここにあるものはたいてい秋にならないと実がつかないから、やはり甘くて滋養があってほくほくと美味しい南瓜も。それから――」

医者に診せなければ駄目だと言いかけて花恵は言葉を途切らせた。

――そんなことできるわけないからこうも思い詰めてるのに――

花恵の言葉が聞こえなかったかのように、

「お姉さん、ありがとう」

女の子は大事そうに南瓜の苗を抱えて、踵《きびす》を返した。

「どうせなら冬瓜の苗にしとけばよかったのに。冬瓜も口当たりがよくて病人には喜ばれそうですよ」

晃吉が呟くと、

「これでいいのよ。優しいんだから、花恵ちゃんって」

お貞は晃吉の感想をあっさりと切り捨てた。

「お美乃さん、まだかしら？」

花恵はまだ姿を見せないお美乃が気にかかった。

「あら、お美乃さんから文が届いてない？　四万六千日の縁日で〝薄荷《はっか》、マンネンロウ煎じ茶、夏負け除け、夏の不眠解消〟とある幟《のぼり》を目当てに探してくださいって。私たちと同じ浴衣を着て襷で袖をたくし上げて頑張っているそうよ」

「わたしにはなんの報せもなかったわ」

お貞は不思議そうな顔をしたが、晃吉は
「なんだか面白そうなことを、お美乃さんが始めたのかもしれませんね」

と明るく言った。

「それなら早くお参りを済ませてお美乃さんを探しましょう」

花恵は満面に笑みを充たした。

三人は観世音菩薩への参拝を済ませるとお美乃探しを始めた。広い境内を屋台がぎっしりと埋め尽くしている。多数の老若男女や子ども連れが波のようにうねっている中、境内を一巡りするだけでも難儀であった。

そのうちに花恵は自分たちの後ろをおちゃっぴいと言われている、生意気盛りのお洒落で陽気な女の子たちがついてきていることに気がついた。女の子たちの目当ては晃吉であった。花恵たちが通ると女の子たちはしばし買い物の手を止めて晃吉をちらちらと見つめ、やがて目と目で頷き合って、ついてくる。これの繰り返しで花恵たちは三人ではなく集団になってしまった。

「モテるのね、晃吉さん」

お貞は感心し、

――さぞかしいい気持ちでしょうね――

花恵は押し黙った。

当の晃吉は笑みをこぼしているのだが、花恵に気づかれないよう無言で俯いている。

「〝薄荷、マンネンロウ煎じ茶〟っていうからには、舐めると長寿が期待できるっていう、四万六千日飴なんかを売ってるとこじゃないかと思うんだけど――」

お貞が言い出して身体にいいと謳《うた》っている薬茶や飴のある方へと歩き出していた。しかし、後ろに続いている集団のせいで進むたびに反対から押し寄せる人波が予測できない流れ方をする。それもあってなかなか進まずまだお美乃の幟は見つからない。

一瞬、向こうからの人波が途切れた。

「あ、見えた」

晃吉が叫んだ。

〝薄荷、マンネンロウ煎じ茶、夏負け除け、夏の不眠解消〟とあるお美乃の幟が人波の間に見えたのだ。はためく幟の横にお美乃の姿があった。紫ほおずきの浴衣に襷掛け、黄色の手拭いで姉さん被りをしている。声までは聞こえなかったがしきりに売り声を発していた。

「あの口の動きは〝安いよ、安いよ、買っときな。買わなきゃ、損だよ、損〟って言ってますよ。凄いなあ、お美乃さん」

晃吉がそう洩らしたとたん、人波でお美乃の姿が消えた。

「幟の半分はまだ見えてる、あっちよ、あっち――」

お貞がぐいぐいと人波を押しのけて進み、花恵は隙間ができるとさっと全身を埋めた。

「待ってくださいよ」

晃吉も倣った。

これでやっと三人はおちゃっぴいの群れと別れることができた。

「あれっ、幟が上半分しか見えなくなったわ、どうして？」

不安を洩らしたお貞はひたすら幟の見える場所へと突進していく。

辿り着いた先の店の看板には〝夏薬茶〟と書かれていた。隣は〝四万六千日飴本舗〟とある。お美乃の幟は風に飛ばされて近くの木の枝に引っ掛かっていた。お美乃は見当たらない。

用を足しに行った可能性もあると晃吉がためらいがちに言い出して、しばし待ったがお美乃は姿を見せなかった。

5

「お美乃さーん」

「どこにいるの？」

「返事してくださーい」

三人は声を張ったが応えはなかった。

花恵の冬瓜の苗同様、お美乃の薄荷、マンネンロウ煎じ茶も夏薬茶の売り物の一つになっていた。〝夏薬茶〟の女店主は器量や身繕いは悪くないものの、勧め上手とはとても思えない不愛想な大年増《おおどしま》であった。退屈そうにぷかりぷかりと煙管《キセル》をくゆらせている。

「ここで〝薄荷、マンネンロウ煎じ茶〟を売ってた女はどこへ行きましたか？　名はお美乃といいます」

お貞が女店主に訊いた。

「近くに借りたっていう井戸にでも行ったんじゃないの？　井戸で淹《い》れた薄荷、マンネンロウ煎じ茶を冷やしてお客さんに飲んでもらって、袋入りの煎じ茶の方を買ってもらうんだって張り切ってたからね。おかげで他の薬茶も売れて大助かり。とにかく度胸のいい娘でね、口入屋から香具師《やし》にまで会って、あたしのとこへ来たんだもの。若くて働き者でよく気がつくように見えたんで、ここでその茶を売らせてやることにしたのさ。そろそろ戻ってくる頃だよ、きっと」

女店主は少しも案じてはいなかった。

だが、それから一刻（二時間）ほどが過ぎてもお美乃は現れなかった。

夏薬茶の怠惰な女店主がこくりこくりと居眠りを始めた。三人は隣の四万六千日飴本舗の一目で老舗の薬飴屋の手代とわかる三十歳ほどの男にも訊くことにした。

「隣の夏薬茶さんのこと？　当店のお客様方が並ばれていて大忙しで何も気がつきませんでした。人をやって手伝いの小僧を呼んだくらいです」

知らずと眉を寄せて慇懃《いんぎん》な物言いをした。

三人はもう特別な縁日を楽しむどころではなくなり、各々が帰路を辿った。

――お美乃さんはきっと急な用事でも思い出して先に帰ったのね。わたしたちに報せなかったのはよほどのことだったんだわ――

花恵はそう自分に言い聞かせるようにして眠りに就いた。

翌朝、なぜかいつもより早く目が覚めて、まだ薄暗いうちから庭を見廻っていると、

「花恵ちゃん」

戸口にお貞が立った。

「お貞さん」

二人は互いに思い詰めた目で見つめ合った。

「あたし、お美乃さんのこと、気になってしょうがなくて、昨日は眠れなかった」

お貞の目は赤い。

「わたしもうつらうつらしてるとお美乃ちゃんが夢に出てきて——」

花恵の声は掠れている。

「ねえ、花恵ちゃん、千太郎先生のとこへ行ってみない？　お美乃さん、帰ってるかもしれないじゃない。そうだったら、なあーんだなんていう笑い話になるだろうし」

「それ、わたしも考えてたことよ。本当は昨夜にも確かめに行くべきだったのかもしれないけど、夜中、三人もで押しかけるのはどうかと思って言い出せなかったの」

「それはあたしも同じ」

「だったら行きましょう」

こうして二人は塚原の屋敷へと向かった。

「おはようございます」

応対に出た千太郎は、

「妹がお世話になりました。泊めていただくなんて厚かましくて申しわけございません」

常と変わらぬ晴れた顔で礼を告げると、

「お美乃、いいよ、そんなところに隠れていなくても。心配性の父上には叱られないようわたしがいいように話しておいたから」

近くの忍冬の茂みの方をちらちらと見た。

——お美乃さんは帰っていない‼——

花恵はお貞を見た。

——そ、そうなんだね——

青ざめたお貞の表情が固まってしまった。

「先生、折入ってお話がございます。お美乃さんを、わたしどもはお泊めしていません」

花恵が切り出すほかはなかった。

すると眉を寄せた千太郎は、

「どういうことでしょう？」

　やや緊張した面持ちになり、

「あそこでお待ちいただけませんか」

　薬草園と隣接している土蔵へと案内してくれた。

「漢方薬を保存しているので薬臭いかもしれません。溺愛してきたお美乃のことになると、とかく気持ちを乱す父には聞かせたくない話なので、そこで——」

　そう言って二人をその土蔵に招き入れて、しばらくしてから入ってくると、向かい合って土間に座った。

　その時はお貞も多少は平常心を取り戻してはいたが、言葉は出なかった。

　花恵が、ほおずきの暑中見舞いから端を発した揃いの浴衣や四万六千日の縁日の集まり、予期せぬお美乃の薄荷、マンネンロウ煎じ茶売り、そしてとうとう会うことができなかった事実を伝えた。

「お美乃からそのような茶を売り物にしようと相談されたことが幾度かありました。市中では夏負けにいい、夏の不眠に効くと偽ったものが相当数出回って利を得ている。それに比べて、塚原の屋敷内に、手間要らずでどっさり茂っている薄荷やマンネンロウの方が格段の効能があると。四季を通じて緊張を緩和して全身の凝りを癒し、胃腸を常に健やかに保って、血の巡りをよくして若がえらせる。これぞ誰もが願っている煎じ茶ではないかと言うのです。たしかにその通りなのですが、父には前に患者様たちを謀《はか》っていたこともあり、今はどんなに苦しくてもこの手のことはしない方がいいとわたしは考えていました。お美乃がわたしに隠れてそのような商いをしようとしていたほど、内証が切迫していたとは——」

千太郎はがっくりと頭を垂れた。

「お美乃さんが身を寄せそうなところに心当たりはありませんか？」

そう訊いたものの、お美乃が苦しい暮らしぶりに嫌気がさして家を出て行ったとは花恵にはとても思えなかった。

「この暮らしが不服なら、薬茶売りなどしないでしょう？」

顔を上げた千太郎の表情は苦しそうに歪んでいる。

「お美乃さんは四万六千日の縁日で薬茶を市中に広めたかったんだと思います。少しでもここの助けになりたいと思われたのです」

花恵の言葉に千太郎は深く頷いた。

「妹はいざとなるとわたしや父よりも強いところがあるのです。ですからそんな妹が自分からいなくなって、帰って来ないなんて考えられません。いったい何が起きたというのだろう？」

千太郎が頭を抱えていると、

「お美乃、お美乃」

父親の塚原俊道《しゅんどう》の声が聞こえた。

「朝茶はまだかの？」

「父には妹の羽が縁日ですっかり伸びてしまい、朝一番で皆さんのところへ行ってしまったと伝えておきます。朝茶はわたしが淹れて朝餉も見様見真似で何とか——。実は隠居した後わかったことなのですが、父には心の臓に病があるのです。目に入れても痛くない可愛い娘の神隠しはこたえます。ですから、このことは青木様にだけお知らせくださいますか。お美乃はひょっこり帰ってくるかもしれませんし。どうか今日のところはこれで」

千太郎は頭を下げたまま花恵とお貞が土蔵を出るのを見送った。

塚原の屋敷を出た二人の足は八丁堀の青木の役宅へと向かっている。

「青木の旦那が前に言ってたけど神隠しって、特に娘さんの場合、せいぜい二日の間に見つけないともう見つけられないって。無理やりいいようにされた後、殺されてどっかに埋められちゃってて見つからない場合はお手上げだけど、人買いなんかに捕まっちゃったんなら助かることもあるみたい」

お貞は言葉にしたくないであろうことを淡々と口にした。

6

――お貞さんが千太郎先生相手に言葉が出せなかったのも、わたしが話してる間、震えてたのもこれが恐ろしい事態だってわかってたからなのね――

「今は冷静になってできることを精一杯やらなきゃ。旦那はお役目柄、この手のことに通じてるから頼りになるはず」

きっぱりと青木について言い切ったお貞の表情は、ひどく厳しかった。

「あら、お貞さん、花恵さんもお早いのね」

年齢の離れた青木の姉に見えないこともない母の志野《しの》が応対に出てきた。すぐに

二人の差し迫った様子に気づくと、

「わたしはちょっとそこまで。ご近所で鱚舟《きすぶね》買いの分配があったことを思い出しました。今時だけの鱚の天婦羅、亡くなった夫と秀之介の大好物なんですよ。悪いけれどお茶はご自分たちで淹れてね」

さっと身仕舞いして役宅から出て行った。

黄色味を帯びた薄青色の姿の美しい鱚の旬は盛夏で、真夜中には江戸湾に鱚舟が浮かぶ。そんな鱚舟を隣近所で漁師ともども買い切り、上がった鱚を皆で分け合って食膳に載せることも多々あった。

「何かよほどのことがありましたか？」

言葉とは裏腹に青木は顔色一つ変えていない。

「実は――」

お貞はお美乃が神隠しに遭ったかもしれないことを話した。

「それは大変だ」

そう言いつつも青木は悠揚迫らず、

「まずはどこかじっくり策を練れるところを。花仙をお借りしていいですね」

立ち上がると、すぐさま三人で役宅を出た。

花仙に戻ると晃吉が訪れていた。勝手知ったる晃吉は縁台に腰掛けてちゃっかり麦湯を飲んでいる。この日も朝から陽が照りつける猛暑であった。

「麦湯、作って冷やしときましたから。あ、そろそろこの縁台、日陰に動かさないと」

青木が手伝って縁台を家の土間に入れ、晃吉は三人にも麦湯を勧めた。表情の固い三人を見た晃吉は、何かよからぬことが起こったのだと瞬時に悟り、それ以上は話しかけてこない。

「ここで話すことは、他言無用よ、晃吉。お美乃さんが昨日から帰っていないの」

花恵の言葉に、晃吉は青ざめた。

「この間、何かの弾みでお貞さんに話したんですが、こういうことは最初が肝心なんです。時の経過と共にどんどん証がなくなってしまいますからね。とりあえずは四万六千日の縁日での流れをわたしがまとめてみます」

青木が言うと、

「そうだわ、これ、これ――」

思い出したお貞は、慌ててお美乃からの文を青木に見せた。

「手跡はお美乃のものなのか？」

青木は完全に調べをする役人の物言いになった。

「あたし、お美乃さんの手跡を見たことありません」

お貞が首を横に振ると、

「ならば後で千太郎とその父親に確かめよう。お美乃の手跡ではない場合、この神隠しは婦女への乱暴狼藉《ろうぜき》などのその場の行き掛りなどではなく、時をかけて相当巧妙に練られたものとなろう」

青木は紙にお美乃の手跡確かめ、と書いた。

「三人がどう動いたかを思い出してください」

花恵は思い出せるままに伝えた。

「晃吉と一緒に山門前でお貞さんと落ち合って、冬瓜の苗の売り店で幼い少女に南瓜の苗を買い与えました。お貞さんにお美乃さんからの文のことを聞いて、薄荷、マンネンロウ煎じ薬茶の効能が書かれた幟を探したんです。揃いの紫色のほおずき柄の浴衣を着たお美乃さんの顔が見えたんですが、そのうち幟しか見えなくなって。それでもその場所は夏薬茶の店の辺りだとわかって、夏薬茶の女店主はお美乃さんが井戸へ冷やした薬茶を取りに行っているんだろうと言い、一刻ほど待ったんですが戻ってきませんでした。夏薬茶と隣り合っていた四万六千日飴本舗の手代は行列ができて多忙で夏薬茶の方を見る暇もなかったとすげなかったんです」

青木は紙に以下のように書いていた。

一　お美乃の手跡確かめ
一　南瓜苗を与えた少女聞き込み
一　夏薬茶女店主聞き込み
一　四万六千日飴本舗手代聞き込み

「この四つに絞って四人で聞き込みをいたしましょう。この中でおそらく最もたやすいのはお美乃の手跡の確かめなのだが、これは千太郎先生に話を聞くためにも、わたしが務めます。後の三点は三人で手分けしてほしい。わたしからはこれを渡しておきます」

ここで青木は紙三枚各々に〝この者、南町奉行所定町廻り同心、青木秀之介の手下也〟と書いて渡した。文を手にした青木はすぐに塚原の屋敷へと向かった。青木がいなくなると、晃吉がふと呟いた。

「お嬢さんが家にいた頃、朝方ふらふら出てって、気がついた親方が火事場の馬鹿力みたいな速さで走ってったの、思い出しました。俺もついていったんですが、親方の速さと馬力にはとてても追いつけませんでしたっけ。あれですよね、親心って」

珍しく晃吉が神妙な物言いをした。

──あのことかあ──

花恵は以前、玉の輿に乗りかけて何の落ち度もないのに破談にされ、鬱々とした日々を送り続けて川に飛び込んで死のうと考えたことがあった。その時、追いかけてきたのが父の茂三郎だった。花恵は、お美乃の父と兄がどれだけ心配で心を痛めているか考えれば考えるほど、胸が苦しかった。

7

花恵たちは、すぐに誰がどこに向かうかを決めることにした。

「晃吉は四万六千日飴本舗の手代の聞き込みね」

「えっ、あの取りつくしまもなかったあの男が俺？　皆で話し合って決めるんじゃないんですか？」

「話し合ってるうちに時が過ぎるのが惜しいでしょ」

花恵がさらりと言ってのけると、

「それじゃ、あたしは夏薬茶女店主にする。あの女、香具師とも関わってるみたいな口ぶりだからきっと手強いわよ」

お貞は晃吉の反論を封じた。

「それじゃ、わたしはあの女の子のところへ行ってみる」

こうして三人は二手ならぬ三手に分かれて調べを始めた。

田原町にある紫陽花長屋は花が萎んで枯れかけている紫陽花が木戸を飾っているのが無残であった。

花恵は井戸端で洗い物をしているかみさんたちに病の母親の看病をしている女の子はいないかと訊いた。青木が渡してくれた紙はあえて見せなかった。貧しさと疲れが長屋全体に染みついていて、かえって反感を買うような気がしたからである。

年配の二人はずっと無言だったが、

「それ、梅雨の時季におっかさんが病で死んだお南美《なみ》ちゃんのことじゃない？」

赤子を背負っている一人が応えてくれた。

――お南美ちゃんのおっかさんは病だったんじゃなくて、もう亡くなっていたのね――

「身寄りがないのに、どういうわけか、孤児《みなしご》を預かる尼寺に行くのは嫌だって店賃《たなちん》も払えないのにここに居座ってる。この盆にはおっかさんに供養の品を供えたいって言って、それでしきりに仕事を欲しがるんだけど、あたしたちにはお南美ちゃんに分けてやるほど余裕はないしね。何しろ食べてくだけで精一杯なんだから。昨日から帰ってないのは気になってたけど、皆それぞれ忙しいからお南美ちゃんのことばかりかまうわけにはいかないんだよね」

そこで背中の赤子が火の点いたように泣き出したので、

「よしよし、そろそろお乳だったよね」

あやしながら自分の家へと入っていった。

「お南美ちゃんの家はどこですか？」

念のため花恵は家を訪ねてみることにした。

無言のまま立ち上がった年配の一人で、まとめた髪が真っ白な老婆が先に立って奥へと入った。一番奥にあるその家は陽がほとんど当たらない。

――夏はいいけれど冬場はさぞかし寒いことでしょう――

がたぴしと音を立てて油障子を開けた。

「人は助け合いが大事だろ。だからあたしたちもお南美ちゃんにはできることはしてきたつもりだよ」

そう言って老婆は片袖からほおずきの実を出した。

「こうやってさ、歯を使うんだよ」

老婆はそのほおずきの実を口に当てるとまずはチュウチュウと中身を吸い出しつつ食した。ごくりと飲みこむ喉の音がして、

「これでほおずき笛の出来上がり」

老婆は糸切り歯だけは残っている口でにっと笑った。

「爪楊枝を使うものだとばかり――」

花恵が目を瞠《みは》ると、

「そんなことしてたら破れて、幾つ無駄にするかわからない。ほおずき笛は簡単なようでむずかしいんだ。すぐに破れる」

　老婆は強く言った。

「歯を使うと破れないいんですか？」

「っていうよりも、中身を有難くいただきつつ外の皮をほおずき笛にしちまうんだよ。それをお南美ちゃんに教えたのはあたし」

「ほおずき笛作りにはコツがあったんですね」

「いいや、コツなんてありゃしないよ。あたしはあの子にほおずきで空きっ腹を慰めるやり方を教えただけ。ほおずき遊びは今頃の楽しみな遊びなんだ。たいていは実を破いちゃって勿体ないことになる。そこでほおずき笛作りを仕事にしちゃあどうかってあたしが言ったんだよ。見返りはほおずきの中身だけだけど、空きっ腹には有難いだろ？　ほおずきの実は甘酸っぱくて実は美味いし。お南美ちゃんは夢中でやり始めたさ。習練用は三個までとあたしが決めた。何しろ、他人様から預かるほおずきの実だもの、失敗したら次はない。あんた、いまコツがあるんだろうって言ったね。あるとしたら、どんだけ真剣にやれるかってことだけだろうね」

「お南美ちゃん、ほおずき笛作りだけじゃなく、ほおずき笛吹きも上手でしたよ」

「そこは子どもなんだね。誰でも出せる気の抜けたようなのじゃなしに、大きな面白い音が出せたら銭になるって信じて、寝る間も惜しんでこれまた習練したみたいだ。けど、所詮ほおずき笛はほおずき笛、子どもの遊びだもの、いくら上手に吹いても誰も銭など払っちゃくれないよ。可哀想だけどね」

そこで老婆は一度目を伏せてから板敷の片隅にある木箱の上に顎をしゃくった。母親のものと思われる戒名が書かれた紙で拵えた位牌が見えた。

「それにしてもあたしゃ、言わなくていいこと言っちまったと後悔してる」

「もしやほおずきと関わってのことでは？」

頷いた相手は、

「知らなかったんだろうね、お南美ちゃんはほおずき笛をおっかさんの供養のお供えにしようとしてた。それでつい、お盆で飾るほおずきは鬼の灯と書いて鬼灯、亡くなった御先祖様をお迎えする時の提灯代わり、ほおずきの実を半ば潰して作るほおずき笛とは別物で一緒にすると御先祖様の罰が当たる、御先祖様の御霊《みたま》を潰すようなものだからなんていう説教しちまった。こっちがほおずきに代わるお供えを何とかしてやれるわけでもないのに、とんだお節介さ」

吐き出すように言って俯いた。

——それでお南美ちゃんはほおずき笛に代わるお供えを探していたのね。人気のほおずき鉢なんてとても買えないから買えるものを探してあそこに辿り着いて、でも苗さえ買えないことがわかって、それでももしやと期待して得意のほおずき笛を鳴らしてみたんだわ。でも、どうしてお南美ちゃんはここへ戻っていないんだろう？　お美乃さんだけじゃなく、お南美ちゃんまであの縁日で行方知れずになってしまった？——

「おおかた」

老婆は悲痛な声を出して、

「ほおずき笛じゃないものをお供えにしようと四万六千日の縁日にでも行ったんだろうと思う。でも、ああいうところは人攫《ひとさら》いの名所みたいなもんで、大の大人が攫われてもわからない、見つからない、ましてや子どものお南美ちゃんなんてひょいと一担ぎなんじゃないのかい？　あの子が帰って来なかったらこのあたしのせいなんだ」

しきりに目を瞬かせた。

花恵が花仙に帰り着くと先にお貞が待ち受けていた。

「考えてみれば四万六千日飴本舗と違って夏薬茶なんてその日限りの縁日の露店でしょ。あの女店主の話じゃ、お美乃さんは口入屋から香具師に行き着いてあの女のところに来たってことだから、あたしも口入屋には足を向けてみたのよ。でも、駄目、あたしは男女《おとこおんな》だからって前にどこの口入屋に行っても門前払いされたことがある。なもんだから、暖簾《のれん》の前で固まってたら、青木の旦那から声を掛けられた。察してくれたみたいで、〝ここからは結構難儀なのでわたしがやる。お美乃のことを知って、すっかりまいってしまった塚原の御隠居のことを頼む〟って。頼むと言われてもあたしが思いついたのは白玉売りを呼び止めて買った白玉を届けるぐらい。ああ、そうそう、あたしたちの分も買ったよ」

お貞は真っ白く平たい玉が砂糖水の中に浮いている涼し気な白玉と冷たい麦湯を振る舞った。

「ありがとう、これで人心地つくわ」

花恵はあの粗末な形《なり》で必死にほおずき笛を吹いていた健気な女の子お南美の話をした。

「あの子のおっかさん、死んじゃってたのね。なのにあんな嘘を。精一杯強がってたんだ」

「きっと亡くなったことを知らない人に話しちゃうと、心の中に生きてるおっかさんのことまで忘れそうだからじゃない？　まだ幼いから心のおっかさんはずっと生き続けるんだっていうのがわからないのよ」

お貞は目から大粒の涙をこぼした。

8

しばらくして、花仙に戻ってきたのは青木であった。夏薬茶の女店主を訪ねた青木の顔は晴れていない。

――思わしくなかったのね――

お貞の視線に花恵は目で頷いた。冷たい麦湯を飲み干し白玉で涼を取った青木は、

「口入屋から、あの女が四万六千日の縁日を仕切る大物香具師の女房だとはわかった。露店での商いは薬茶に限らず、小間物一切や端切れ等、女物なら何でもござれだと言っていた。退屈凌ぎに露店を張っているからうつらうつら舟を漕ぐこともあるという。あの時のことで覚えているのは、たいそう立派な形のお武家の女人とその供《とも》をしている女たちが何人も店の前を通り過ぎたことだけだそうだ。こんなところに身分の高いお方たちがと妙に思ったと言っていた。しかし、なにぶん日暮れても暑く、あの日は特に眠く――」

詰まった青木の言葉を、

「女店主の夢だったのかもしれないんですね」

お貞が続けた。

「あのような場所に高貴な身分の女人たちが訪れるとは考えられない」

青木は言い切った。

――ようはあの女、何も覚えてなかったってことなのね――

花恵はいささか腹が立ってきた。

するとそこへはあはあと息を切らしながら晃吉が戻った。

「かけつけ三杯」

酒ならぬ湯呑の麦湯を呷《あお》り終えた後、

「白玉は後でゆっくりいただきます。まずはお報せしないと」

四万六千日飴本舗で得た話を語り始めた。

「あん時の手代はクソ真面目っていうか、仕事中は一心不乱、脇目も振らずに仕事をこなすのが奉公人の道、いずれは番頭、大番頭になんていう類の奴なんですよ。得にならないことには指一本動かしやしない。その手の奴だろうと薄々気がついてたけども頭に来ましたよ、もう。なもんだから、いくら俺が〝あんた昨日のことなんだよ、神隠しに遭った娘がきっとどこかで泣いてるんだよ、何でもいいから思い出してくれ〟と繰り返し頼んでも駄目。〝仕事が忙しくて思い出せません〟の一点張り。そのうちに〝あんまりしつこくすると腕自慢の先生を呼びますよ〟なんて脅してくる。これには俺も頭に来たよ」

晃吉の話は時に前置きが長い。早く肝心なことを話せと詰め寄りたい気持ちを花恵は必死に堪《こら》えている。

――こういう得意そうな時の晃吉はとんでもなくいい話を摑んでいる――

「それで晃吉はどんな奥の手を出したの？」

花恵は苛立ちを隠して微笑みつつ先を促した。

「よく訊いてくれましたねえ」

膝を打った晃吉は、

「奴の今日の仕事は蔵で出来上がってくる四万六千日飴が入った袋の数え。俺は蔵にまで追いかけてった。数えを代わってやるなんてことは駄目。この手の数えを絶対間違えないのが奴の自慢なんだろうからさ。するとそこへ下働きの娘が〝何か手伝うことありますか？〟と声を掛けてきた。なかなか可愛い娘だった。わざわざこんな娘が蔵に入ってまでこいつを手伝おうとする？　俺はぴんと来たね。とはいえ手代の奴の顔は真っ赤だ。その癖、〝何もないっ〟、横柄に断るんだから勿体ない。もっとも娘の目当ては野暮天の奴なんかじゃないけどさ。その娘の目、俺の方見てたもん。でもこれはしめた、使えると俺は思った。〝仕事熱心な手代さんも隅に置けませんねえ〟、俺は目一杯奴に媚びた。すると奴は〝いい娘なんだよ〟とまだ顔が赤い。ここからはもう俺の独壇場ってもんだよ」

知らずと鼻の穴を広げている。

「その独壇場とやらを聞かせてくれ」

青木は忍耐強かった。

「もちろん、お聞かせします。俺、これほど植木屋やっててよかったと思えたことはありません。手代の奴ときたら、〝奉公人の男たちは皆、あの娘に熱を上げてる。何とか気を引くにはどうしたらいいか？　実はこのところそればかり考えているんだが思いつかない。下手を打って想いを退けられでもしたらとんだ恥さらしになるし――〟と俺に苦しい恋路の相談を持ち掛けてきた。そこで俺はさっきの娘が好きなものは何かと訊いた。奴はあれでもない、これでもないと考えあぐねた末、草むしりをする時、根から抜いた雑草に花がついていると、これを決して捨てずに押し花にしていると言った。恋する男は相手を見ていないようでどんな些細なことでも見逃さない。〝ならば花を贈ったらどうです？　朝顔の花なら花合せで一等を取ったのがうちに一鉢残ってますよ〟と勧めた。〝そりゃあ、いい、きっと何よりだ〟って、飛びついてきたんで、やっと昨日のことに見ざる、言わざる、聞かざるだった奴の重い口が開いたのさ」

ここまで話して晃吉はやっと本題に入った。

「あの男、お美乃さんと関わる何か、重大な事実を見聞きしていたのね」

花恵は憤懣やる方ない表情になった。

――そんな大事なことなら昨日あの時教えてくれてもよかったのに――

「手代は供を引き連れたたいそうな身分の女人とお美乃さん、そして幼い女の子を見てる。それから〝ほおずき〟という言葉を女たちから聞いてる。そしてその後、女人の供の者たち、これも女ばかりだったそうだが、お美乃さんと女の子の背中を押すようにして連れ去ったのも見ていたという」

戻すつもりなら、お父様やお兄様が案じるとわかってるお美乃さんに事情を告げる文を書くことを許し、塚原の屋敷まで使いを走らせるはず。一体全体、どうなっているの？　たいそうな女人って誰？――

花恵は今一つ合点がいかなかった。

「ああ、でもよかった。どこぞの人攫いに狙われたのじゃなくて」

ほっと胸を撫でおろしたお貞に、

「水を差すようだがこれは人攫いよりも厄介だ」

青木は苦い顔になって続けた。

「香具師の女房はたいそうな形の女や供についてお武家様と明言していた。お美乃と女の子が連れ去られた先が高位の旗本屋敷だとすると、我ら町方は一切手出しはできない。大目付の取り締まりになる大名ならもっと何もできない」

「だったら、もう、二人は戻らないってこと？」

お貞は青ざめた。

「残念ではあるが——このまま——。それにもしやするともう——」

堪らない表情で青木が腰を上げた。青木がこんなにすぐに諦めてしまうのは珍しかった。

その力ない後ろ姿を見送った後で、

「何か、青木の旦那の態度、奥歯にものが挟まってるよ」

晃吉が憮然として言い放った。

「たいそうなお武家様だから何をしてもいい、若い女と子どもを神隠ししちまっていいってことにはなんないだろ。大体、こういうことは最初が肝心だって青木の旦那が言ってくれて、俺たち懸命にやってきたんじゃないか」

——晃吉もたまにはいいことを言うじゃない——

花恵は晃吉の意気に感じた。

「あたしは絶対諦めたくない」

そう花恵が言い切ると、

「あたしもよ。それにはまずは二人の連れ去られた先を突き止めないと」

お貞も強く同調した。三人が頼れるのは、夢幻しかいなかった。

9

花恵たちが訪れると、夢幻は玄関の前に縁台を出して団扇《うちわ》を使っていた。周辺には打ち水がされていて、夢幻は自分で活けた大きな玄関飾りを背にしている。

――あれはわたしの差し上げたほおずき――

一瞬花恵の胸がきゅんとする。

朱に染まったほおずきの実が下部に溢れるように活けられていて、ススキの葉のように細く長いカルカヤの葉が四方八方に高く伸びている。朱のほおずきと緑のカルカヤとの均衡が何とも素晴らしい。その様子が涼をそそるが背景に高く組まれた竹の様子も風情があって見逃し難い。

「そろそろ皆さん、来る頃だと思っていました。先ほど、青木様が帰られたのです」

「さあさあ、おかけになってください」

彦平がもう一台縁台を出してきてくれた。

焦っている三人を見ても、夢幻は動じなかった。

「実は、青木様はお父上の代から四万六千日の神隠しを密かに調べておいでです。四万六千日は地獄の日だといわれています。わたくしも毎年起きるこの不思議を何とか解き明かしたいと思っていました。今回わかっている人攫いはただの人攫いではないのです。浮世の人買いとはまったく関わりがありません」

「高位の身分の女人なのでしょう？」

不安を隠せない花恵は訊かずにはいられなかった。

――町方が関われないお武家は皆高位ってことでもないでしょうに――

夢幻は花恵の問いに応える代わりに、

「夏薬茶の女店主で香具師の女房を突き止めて話を聞いた青木様は、やんごとなき武家の女人とその供の者たちが乗っていた駕籠《かご》のことまでは皆に話せなかったのでしょう」

夢幻は地面に家紋を描くと素早く土をかけた。

「えっ?」

「あっ」

「ああ」

三人はのけぞって知らずとその場にひれ伏していた。家紋は徳川将軍家を示す葵《あおい》の紋であったからである。

「敵は七ツ口にあり」

夢幻が低く呟いた。

「それって」

一同は一瞬固まった。

「七ツ口ってあそこの?」

晃吉が念を押すと夢幻は黙って頷いた。江戸城の大奥の奥女中たちが起居する長《なが》局向《つぼねむき》と役人が詰めている広敷向《ひろしきむき》の間には仕切りがあって七ツ口と呼ばれ、食料品など生活物資を納入する商人が出入りしている。

「嘘でしょ」

「まさかそんな――」

花恵とお貞の口はあんぐり開いてしまい、

「親方とお城に仕事で上がることはある。けど大奥の話なんて耳にも擦《かす》らない。男は入っちゃいけない、将軍様以外は興味を持っちゃいけないところなんだろう。けど、四万六千日は千代田のお城の大奥にもあるんだって、俺が出入りしてる元大奥に奉公してた女隠居から聞いたことがある」

晃吉は言い当てた。

大奥にも四万六千日の催しはある。出品は出入りの商人たちに限られた縁日だが、客は大奥女中なので出店は華やかな設いとなる。店の前に立つのは御女中たちの中でも最下層のお末《すえ》たちだけではなく、大奥総取締役や側室たち、最上位の御台所までなのだ。それで市井での流行品等そこその品々だけではなく、とっておきの逸品等も並べて売られる。あれこれと大奥ならではの細かな規制は解かれ、上も下もない無礼講なので、女たちはこの日の娑婆《しゃば》に似せた雰囲気や買い物を目一杯楽しむ。

「そんなたいそうな四万六千日があるというのに、何でわざわざ浅草寺の縁日にお出ましになられるのかね。気がしれねえよ。あ、もしかして坊主か役者と逢い引き？　そういうとんでもない話、昔あったっていうのを俺聞いたことがあるよ」

晃吉の言葉に、

「たしかにお祭り騒ぎの縁日は人目を気にしないでいいし、七ツ口もこの日は開いてるから便利だろうけど、お坊さんか役者との逢い引きは将軍様の菩提寺へのお参り、ご先祖様の法事等の御供養の時だって読本には書いてあったもの。思うに一度でも公方様のお手が付いたら、子が出来なくても一生あそこを出られない、大奥って女の獄だって言う人もいる。贅沢三昧には暮らせてもやりきれなさやつまらなさが募って切羽詰まるんだと思う。それで自由な市中はどんだけいいんだろうってことばかり思うようになって、七ツ口が開く四万六千日狙いで、高貴なご身分の方々がこっそり少ない供を連れて外へ出るってこともあり得るんじゃないかしら」

花恵は自分の推定をやや強い口調で言った。

「なるほど。四万六千日の日に大奥の偉い女の人たちが外に出る理由はあるってことよね」

花恵に頷いたお貞は、

「公方様のご側室って全部がどこそこの誰々じゃないのよね。小商いの八百屋や小間物屋の娘だったりする。ただし絶世の美女。四万六千日にお城を出る人たち、大奥総取締役なんかはご側室にしてもいい美女を見つける使命を帯びてたってこともある。読本によれば公方様のお世継ぎってほとんどが幼くして亡くなっちゃうから、次々に次期将軍になるかもしれない子を産んでくれる女探しが大奥のお役目なんじゃない？」

とも言った。

「だとしたらまさにお美乃さんはそれじゃない？」

三人は思わず顔を見合わせた。

「だったら、もう二度と会えないのね」

花恵は悲嘆のため息をつき、

「あんな伏魔殿だと言われているところで、場を読めないあのお美乃さんがやってけるの？」

お貞は真剣に案じ、

「俺、大奥には地下牢や仕置きもあるって聞いてるよ」

晃吉が呟くと、

「何、縁起でもないこと言うのよ、もう聴きたくないっ」

花恵は両耳を両手で被った。

10

無言で皆の話を聞いていた夢幻の元に、彦平が揚げたての鱚の天婦羅を大皿で持ってきた。

「箱根からお戻りになった旦那様よりお土産代わりです。今時分は醤油や天つゆではなく塩があっさりしていてよいと旦那様のお勧めなので、赤穂《あこう》の塩も添えてあります」

「腹が減っては戦はできぬと申します。どうか召し上がってください。明日、八ツ刻（午後二時頃）にまたここへ集まってもらいたい」

と夢幻は告げて、出て行ってしまった。

「お美乃さんがお側室候補として攫われたっていうのはわかるけど、お南美って子はどうなったの？　まさか、年端もいかない子に御寝所でのお役目は果たせないわよ。ああ、でもそれが目当てなら、ああ、考えたくもない話だわ」

お貞が天婦羅を食べながら疑問と心配の両方を口にした。

「四万六千日飴本舗の手代の話じゃ、お美乃さんは女の子に寄り添うように一緒に連れてかれたってことだったろ」

晃吉がその話を繰り返した。

「まあ、夢幻先生を信じましょう」

花恵の口から知らずとその言葉が出ていた。

翌日、夢幻の家で三人はいつものように大広間に通された。変わったことなど何もないように感じられる。

――でも、今日は茶は点てられないのね――

床の間に花も活けられていない。

――夢幻先生のことだからきっと、あっと驚くことが起きるんだろうけど、それって何なのか、まるで見当がつかない――

花恵は俯いたままのお貞の方を見た。気がついたお貞が、

――あたしだってなーんにもわからないわよ、いったい先生、どんなことするつもりなのか――

首を傾げた。

「いっそ、紫色のほおずきでも出てくるんじゃないかと思ったが、どうやらそうでもなさそうだな」

晃吉がぼやいた。

すると花恵たちの前に、紫色のほおずき柄の浴衣を着た夢幻が颯爽と現れた。

「本日の日柄がいいかどうかはわからぬが、喜んでもらえることがあります」

夢幻は狩野派が描いた松竹梅の屛風につかつかと歩み寄ると、さっと除けた。

屛風が取り除かれた場所には紫色のほおずき柄の浴衣を着たお美乃が端然と座っている。

「お美乃でございます。皆様、たいそうご心配をおかけいたしました」

お美乃は畳に手を突いて詫びたがその節回しは役者の口上に似ていた。

「ここは歌舞伎小屋の舞台じゃないぞ」

晃吉の唇が尖ったが、

「俺たち、どんだけ心配したことか――」

声は掠れている。

「お美乃さん」

お貞は近寄り、

「よく無事で」

花恵も後に続いた。

「ほんとにお美乃さんよね」

お貞はお美乃の手を握りしめつつ、自分の頬を抓《つね》った。

「狐なんかじゃないわよね」

「よかった、よかった」

連呼した花恵は感無量であった。

「結局、大奥なんかにはいなかったんだよね、そうでなきゃ、こんなに早く元気で出てこれるわけない。どこに隠れてて何してたの？」

晃吉は訊かずにはいられない様子である。

「いいえ、わたしとお南美ちゃんが連れて行かれたのは大奥よ。正確にいうと御台所様がお住まいのところでした。そして、総取締役様という女の人と話をつけてわたしをこうして返してくださったのは夢幻先生です」

お美乃はさらりと言ってのけた。

三人は咄嗟に夢幻の方を見た。しかし、夢幻が座っていた場所にはもうその姿はなかった。代わりに座布団の上に巻紙が垂れていて、「よろしく存分にご歓談なさいますよう」とあった。

「何でも、夢幻先生は御老中の奥方様方に、乞われて活け花を出張教授されてきたとかで、その繋がりで大奥総取締役様とお話しできたようです」

「お南美ちゃんはどうしたの？　どうして一緒じゃないの？」

花恵は半ば身構えつつお美乃の答を待った。

——幼い女の子の血を抜いて飲むとどんな病気でも治るっていう話を聞いたことがある。もしや、お南美ちゃんはそんな惨い目に遭ってとっくに命を落としてる？　けれどそれだったら何もお南美ちゃんでなくてもいいはず——

「あの子は自分からあそこに留まりたいってはっきり言ったのよ。『ここにいればご飯がお腹一杯食べられるし、可愛がって貰えるから』って」

お美乃は微笑んだ。

「お南美が大奥へ連れてかれた理由っていったい何だったんだよ？」

晃吉が訊いた。

「御台所様は公方様のご正室でとても偉いお方なんですけど、生まれたお子様がお育ちにならないのだそうです。それでもやっと七歳まで育った大事なお姫様が一人いらしたのですが、昨年流行病《はやりやまい》であっけなく亡くなってしまったそうです。その姫様というのがほおずき笛が得意で毎年夏には大きな音で鳴らしてて、母親の御台所様はそれを聴くのが何よりの楽しみだったそうです。御台所様のお悲しみはどんなに大きかったことか――。なので我が子の死を完全には受け止められない御台所様は、ほおずきが実るこの夏『姫はまだどこかに生きている、生きている、探せ。探さぬと罰を与える』と言い続けてお傍の方たちを困らせていたんですって。そこで見かねた大奥総取締役様がほおずき笛に長けた幼い女の子を探して、御台所様をお慰めするしかないと思いつかれ、公方様もお許しになったのです」

ここでお美乃は一息ついた。

「よくすぐにお南美ちゃんを見つけられたものだわね」

お貞が首を傾げると、

「これぱかりは摩訶不思議なのだけれども、御台所様は自分で探すと言い張って、四万六千日の夕刻、数人の供の者を連れて浅草寺へ出向かれてお南美ちゃんと出会ったみたい。わたし、見たこともないご立派な形の奥方様にしか見えなかった御台所様が、ぼろぼろの形の女の子相手に、『やっと会えましたね、姫、早くほおずきの笛を吹いてみておくれ』っておっしゃってるの聞いたもの」

――お南美ちゃんはあたしたち相手に商いをしたのと同じ手を使ったのね。幼くて物事を知らないから――

花恵はお南美のひたむきな商いを思い出していた。

「それでお美乃さんはお南美ちゃんを案じたのね」

お貞は先を促した。

「もちろん。新手の薬狙いかもしれないって思ったんです。人の血肉や五臓六腑が最高の妙薬だっていう医者も多いのでそんなことだったら困ると思って、『わたしはこの子の姉です、ちょっと店番させてた隙に勝手なこと言ってたらすみません』

って言ったら、『それならおまえも参れ』ってことになっちゃったのよ」

これでお美乃まで大奥に連れ去られた経緯《いきさつ》がわかった。

「それで薬にされるんじゃないとわかったのね」

花恵の言葉に、

「お南美ちゃんって子、亡くなったお姫様に面差しが似てるそうで、馬子にも衣装、湯浴みして髪を調え、お着物を着せてもらうともう別人、鳴らすほおずき笛も雅《みやび》な音色に聞こえてほんとのお姫様に見えたほど。これは全部、嘘、偽りのないところよ。わたしがちゃーんとこの目で確かめたんだから。御台所様はお南美ちゃんにぞっこんでお顔の色も良くなったとかで、大奥総取締役様も大変安堵なされてました。きっと公方様も同じでしょうね」

お美乃は感慨深げに言った。

「ところで水を差すようだけどお南美ちゃんはこれからどうなる？　いくら着飾っても姫様なんかじゃないんだし」

半ば呆れ顔で晃吉が訊いた。

「折を見てお南美ちゃんはお小姓に取り立てられると決まりました。これはわたしが御台所様にお願いしたのよ。お南美ちゃんがお姫様の身代わりで終わらないため。あの子ならきっとあそこで逞しく育って生きていくと思う。わたしの方は——そうねえ、大奥総取締役様は側室への道が開ける部屋子にしてくれそうもなかったし——。こんなことに首を突っ込まなければと、廊下に見張り番が控えている部屋ではよく眠れなかった。諦めるしかないって自分に言い聞かせて、まあ、食べ物、着る物に贅沢できるし、このままでも仕様がないかって思ってた矢先、戻れると聞いて正直飛び立つ思いだった。その時真っ先に目に浮かんだのはお父様、お兄様、そして皆さんのこと。あ、もう塚原の家には顔を出してきましたから。お父様なんて子どもみたいにわあわあ泣いちゃって——」

お美乃は正直な胸の裡を口にした、

こうしてお美乃は元の市中での平穏な暮らしに戻った。

花恵はお南美のことを深く案じていた長屋の老婆にもう心配ないと伝えたかったが止めた。大奥入りのことは伝えられず、どこでどうしているかの説明ができかねる。晃吉の方は四万六千日飴本舗の手代に朝顔の〝役者〟を渡したところその結果は良好で、相手の下働きの娘は〝役者〟の薄い柿茶色がいたく気に入り、仕事熱心な上に女心がわかるその手代と芝居小屋に行く仲になったという。

そろそろ立秋かというある日、花恵の元に夢幻から以下の文と共にほおずきの活け花が届けられた。

約束していた面白い趣向のものです。長く楽しめるようにほおずきを含む花材は乾かしてあります。小さく実った珍しい南瓜等を色々集めてみました。

夢幻

花恵はたしかに何とも面白いその活け花に目を奪われた。

浅い竹籠の中に乾かした茎付きのほおずきの実と赤トウモロコシが大きく左右に広がるように投げ込まれている。そして、その前には珍しい瓢箪型と、黄色、緑、橙、縞模様等の色とりどりのどれも小さな南瓜が可愛らしく添えられていた。

――暑さを忘れさせてくれる温かさもあるのね。ほおずきはやはりほのぼのと吉兆――

花恵はしばしの間じっと見入っていた。夢幻はまっすぐな優しさを伝えてくるようなことはしないが、いつも花恵の草木を愛する心を喜ばせてくれるのだった。

第三話　神様ひまわり

1

立秋は明日だというこの日、お貞は旬のシジミのお弁当を拵えてきてくれた。

花恵の役目はこれに合うシジミの澄まし汁を作ることであった。

「お菓子みたいに綺麗で可愛くて素敵なお弁当を作ってみるつもり」

お貞はこのところ、菓子作り好きが高じて菜や肴《さかな》も手がけている。

「あたしってようは食べ物作りが、植木や青物を育てるよりも好きなのかも」

お貞の言葉に花恵は内心頷いていた。

――わたしは正直、美味しい菜や肴、お菓子を食べてもらうよりも庭の手入れや草木の育ちを助けつつ見守るのが好きだわ。これって人に尽くせないってことかも——

そう思いながら花恵はシジミの澄まし汁を作った。

澄まし汁といえば簡単なようだがシジミとなるとそうでもない。まず、シジミは料理の前に必ず砂抜きするのだが、旨味を損なわないためには塩水を用いる。目笊に上げたシジミをすれすれまで塩水が入った大鉢に入れる。目笊が大鉢の底から離れているので、シジミの旨味を損なう排出物が底に溜まり、再び取り込むことがなくなる。こうして砂抜きしたシジミは使う分だけ取り分け、後は蓋付きの器に容れて井戸で保存。旨味が損なわれずに三日は日持ちする。

——おっかさん、凄いこと教えてくれた——

母は、

「シジミの味噌汁は味噌の味が濃いし、仕上げに粉山椒を振るからここまでしなくても誤魔化せるけど、澄まし汁となるとそうは問屋が卸さない。おとっつぁん、ここいらがうるさいのよ」

と亡くなる前に花恵に念を押した。

たしかにシジミの澄まし汁は完璧に砂抜きしたシジミを、水と一緒に鍋に入れ、口が開いたら酒、塩で調味し、椀に入れて、小葱の小口切りを散らすだけであった。醤油さえも使わない。

「醤油は汁の色が濁るから嫌なの。それに旨味を保ってる砂抜きしたシジミから出る塩分と加えた塩でいい感じの深い塩味になる。汁の見栄えも夏の霧雲みたいでいいでしょ？」

シジミの澄まし汁は母の自慢料理の一つであった。

――うーん、我ながら上手くできた、おっかさんの味――

小皿に一掬《すく》いして霧雲の味を確かめていると、

「花恵ちゃーん、ごめん」

お貞が風呂敷包みを抱えて入ってきた。

「シジミは砂抜きするんだってこと、うっかり忘れちゃってて――」

お貞は風呂敷包みを解いて、今日の朝、シジミ売りから買い求めたばかりのシジミの入った鍋を取り出した。

「これにお酒をかけて口を開かせるつもりでいたんだけど、花恵ちゃんが言ってた砂抜きのことをはっと思い出したの。駄目よね、これじゃ」

お貞は悲しそうに鍋のシジミを見つめている。

「大丈夫、それはこれから砂抜きすることにして今は、うちのを使って」

花恵は手早くお貞のシジミの砂抜きの用意を済ませると、井戸で保存してあるシジミを取りに行った。

「あたしはシジミの五目寿司弁当を拵えようと思って。シジミの出汁で炊いたご飯を合わせ酢で酢飯にして、味醂と醬油でさっと煮付けた酒蒸しのシジミ、ちょっと甘めの錦糸卵を出汁と味醂、塩で煮ておいたの。千切りの人参と斜め切りのサヤインゲン、うす切りにして熱湯にさぁーっと通して赤梅酢につけた新生姜を飾り付けるの。全部で五品が入った五目寿司弁当、綺麗でいいでしょ？」

「たしかに。でも、サヤインゲン、新生姜はないようよ。お貞さん、忘れてきたんじゃない？」

花恵は開いたままの風呂敷を見つめた。

「あ、いけない」

お貞は頭を掻いた。

「卵と人参はあるけどサヤインゲンと新生姜はない。となると、これはもう別のものにするしかないわね」

「わたしに任せて」

花恵は毎年この時季には嫌というほど拵えるシジミの炊き込みご飯に取りかかった。

これにも実は砂抜きの極意がモノを言う。

「シジミの上品な出汁が肝。生姜のすりおろしを炊き込んでも別の美味しさが出るんだけど今日はないから残念」

出来上がると二人は早速飯茶碗に盛って箸を手にした。澄まし汁は椀によそってある。

「暑さのせいかな、美味しいは美味しいんだけど、ちょっと味薄くない？」

「お貞さんは醬油味が好みだものね。ただのシジミご飯の方がよかったのかもしれないわね」

花恵は自分の言葉に棘が立ったような気がした。

シジミご飯はシジミの炊き込みご飯とは異なる。

シジミご飯はシジミの殻を入れない上に醤油を絡ませておくので、シジミの炊き込みご飯ほど旨味に拘らなくても誤魔化せる。

花恵はお貞の箸の進み具合の悪さに気がついた。

「そうだ、昆布の佃煮あったかもしれない」

厨へ足を向けようとした時、

「こんにちは」

戸口で声がすると、お美乃もまた皿を包んだらしい風呂敷包みを手にしていた。

「お美乃さん、あたしが呼んだんだった」

シジミの砂抜き騒動で混乱していたお貞が思い出した。

「今度は正真正銘、ほんとにあたしの方から誘ったのよ。だってあのひと、あたしたちに会いたかったたって言ってくれたじゃない？　だからあたし、夏のうちに三人で揃いの浴衣を着て歩きたいのよ。明日は立秋だから今日がもうぎりぎり。幸いたいして珍しくもない普通のだけど縁日もあるし、昼餉を皆で持ち寄って食べてから一休みして、夕方になったら繰り出しましょうって誘いの文を書いたら、お美乃さん、〝絶対行きましょう〟って返してくれたのよね」

花恵は呆れる一方、

——まっすぐモノを言ったり、怒ったりするけどすぐ許しちゃったりする、からっとした気性のこの二人、実は似ていてほんとはとっても気が合ってるのかも——

二人に置いて行かれるわけにもいかず、

「それは楽しみね」

花恵は相づちを打った。

「昼餉の菜、持ち寄りだったでしょ。だからわたしはとっておきのもの、作ってきたのよ。さあ、これは何でしょう？」

お美乃は風呂敷包みを解いた。

皿の上に盛られているものは、何かの種とところどころ赤く染まったしらす干しが見えていた。細長丸の種はやや大きめで白っぽく、黒い線で縁取られている。

「見当がつかないわ」

花恵は首を傾げた。

「あたし、食べてみる」

興味津々のお貞が摘まんだ。

「じゃわたしも」

花恵が倣ったのは作ってきたくれたお美乃への心遣いゆえである。

「あっ」

声を上げたのは花恵が先だった。

「美味しいっ」

「でしょう」

お美乃は満面の笑みである。

「ほんとね」

お貞はすでに三口ほどしらすと唐辛子粉にまみれた種らしきものを口に運んでいた。

「これはいったい何なの？」

花恵は訊かずにはいられなかった。

「ひまわりの種よ」

自信たっぷりにお美乃が告げた。

「ひまわりってあの――」

――お貞さんよりずっと背丈が高くて、子どもの頭より大きな黄色い花をつけるのがひまわり。おとっつぁんが育ててた時期もあったけど今の染井の庭にはない。理由《わけ》は好く人が少ないからだっておとっつぁん言ってた。有名な学者の貝原益軒が〝下品な花〟と、ひまわりを決めつけたせいかもしれないけど。でも、蕊が花より大きくて種ができる頃には、やがて冬を迎える鳥たちが飛んできては陣取ってて、まるで鳥たちの餌箱みたいだった。草木が余裕で鳥を食べさせてやってるみたいな光景で、子ども心に忘れられない花だった――

2

「これ、どうやって作るの？　ひまわりを薬草園で育ててるの？」

花恵はつい矢継ぎ早に訊いていた。

「作り方は簡単。浅くて広い鉄鍋を火にかけて油をひかず、ひまわりの種としらす干しをカリッとなるまで炒めてから、塩と唐辛子粉で味をつけて出来上がり。うちでもひまわりを育てていたことあったんで、その時お父様がお母様に教えて作らせてたの。お父様は呑助で見栄坊で人寄せが大好きだから肴にもうるさかったのよね」

――お美乃さんにとってこのお料理、おっかさんの思い出でもあるのね。あたしのシジミの砂抜きと同じ――

花恵はお美乃を身近に感じた。

「今はひまわり、薬草園にないの？」

お貞が確かめた。

「幾らその種が美味だからって、大きくなるもので限られた場所を占めてしまうのは、他に有用な薬草を植えられないので勿体ない、その上、鳥が集まってきて他の薬草の種まで狙われるのは困るってことで止めたのよ。塚原は医業で雨露凌いでるわけだから仕方なかったわけ」

――まさに植木屋と同じ理屈――

さらに花恵は共感した。

「それじゃ、今のひまわりの種はどこから？　雑穀屋さんでわざわざもとめたの？」

花恵は追及した。

——ひまわりの種なんて雑穀屋さんにあるものかしら？——

「それがね、いただいちゃったのよね、夢幻先生んとこの彦平さんに」

お美乃は悪びれた様子もなく言った。

「あら、夢幻先生のところにひまわりなんて咲いてたかしら？」

お貞は意外そうに言った。

「お屋敷のお庭では育ててないみたい。念のためお庭を一巡りしてみたけど咲いてなかった。ひまわりの盛りは今。どこかで彦平さんが楽しみで育ててるんじゃないかしらね。彦平さんって、その手の道楽ありそうじゃない？」

お美乃はやや断じ気味に言った。花恵にはひまわりと道楽がなかなか結びつかない。

——朝顔だって菊だって道楽に花合せはつきもの。でも、ひまわりにそんなのある？　花を愛でる道楽にひまわりを選ぶものかしら？——

「花恵さん、ひまわりのこと考えてるでしょ。花を観たいんじゃない？　絶対そう。

そのうち彦平さんに花が咲いてて種をとった場所、訊いとくからそれまで待ってて」

お美乃が察し、

「あたしからも訊いとくわよ」

お貞が同調した。妙に優しいところがあるのも二人は似ていた。

こうして三人はシジミの炊き込みご飯とシジミの澄まし汁を、お美乃いうところのひまわり種としらす干しのピリ辛炒めを菜にするというよりも、摘まみながら食した。

この後、花恵は二人に手伝ってもらって天竺牡丹（ダリア）の鉢植え仕立ての世話をした。天竺牡丹はひまわりより二百年近く後に欧米から伝わった、ひまわり同様菊の仲間である。ただし繊細な花弁と緋赤色を始め、赤、紫、白と多彩にして華麗であり、菊の花ほどの知名度はまだなかったものの、この花を愛でる愛好家は少なくなかった。

夕刻となり、揃いの浴衣に身を包んだ三人は八幡様の縁日へと向かった。ここの縁日は細工飴師、唐辛子屋、団子屋、鎌、鍬《くわ》を売る農具屋、鍋、釜の修理をする鋳《い》掛《かけ》屋、占い屋、神具屋等の露店があり、浪人者の大道芸は居合い抜きを応用しての歯抜きと蝦蟇《がま》の油売りであった。子どもたちは金魚掬いの店に集まって興じている。

「今日の夕餉って何にする？」

お貞が切り出すと、

「わたしは天婦羅がいいな。どうやら大奥にいたんで鱚の天婦羅食べ損ねたみたいだから」

お美乃が間髪容れず応えた。

「でも、天婦羅屋の屋台はここにないわよ」

天婦羅屋の屋台は火事が警戒されて川辺と決まっている。

「あたしは昼餉に食べ損ねたおすしがいい。握りが大きくてすごく満足するって聞いてるから」

お貞の主張に、お美乃が笑顔で頷く。

「花恵ちゃんはいいの？　おすしで」

「もちろんよ」

植木職という家業は日々、朝早く、夕方は日が暮れるまで外で働く。それもあって屋台で食する機会は滅多になく、花恵にとっては久々だった。

そうこうしているうちに、

「わたし、お父様やお兄様に心配をかけたお詫びに葛餅をお土産にすることにしたの。二人ともあれ好きなのよね」

お美乃が少し離れた場所に看板が見えている葛餅屋を指差した。

「あら、いいわね。あたしも買って行こうっと」

「どうせ青木様のお家の分もあるんでしょ」

花恵が冷やかすと、

「まあ、今回のことじゃ、青木の旦那やお母様に並々ならぬお世話をいただいたから」

お貞は伏し目がちになり、気がつかないお美乃は、

「それだったら、わたしがお礼をするのが筋でしょう」

などと言いだした。

――いつもの気の読めなさが出たわね――

花恵は思わずお貞と顔を見合わせ、

――お美乃さんらしくていいじゃないの――

お貞の目が笑っていた。

「それに夢幻先生にも。わたしを戻してくれたの先生ですもんね、きちんとお礼をしなくては――」

これを聞いたお貞はやれやれといった表情で花恵を見た。

「それはそうだわね」

花恵は屈託なく応えた。

――馬鹿にあっさり平気なのね――

お貞の目が案じている。

――もう慣れたわよ――

そう返した花恵だったがこの時、心を翳らせたのはお美乃などではなく、送られてきていて文箱にしまってある夢幻からの文だった。

――お福さんという女――

「どうしたの？　花恵ちゃん、急に元気がなくなっちゃって」

お貞は見逃さなかった。

「わたしもお腹空いたみたい。わあーっ、あそこが屋台のおすし屋さんでしょ、凄い人気、沢山の人の行列。わたし先に行って並んでるから、お貞さんたち、葛餅屋へどうぞ寄ってらしてくださいな」

と花恵は告げた。

こうしてお揃いの浴衣を着た三人は二人と一人に分かれた。

——気を遣わないでいい一人も悪くないな。ああ、でも暑い、まだまだ夏ね、ここはそこそこ海辺が近いから夕凪《ゆうなぎ》ってわけ？——

風はそよとも吹かない、暑さの膜で空も人もすっぽりと被われている感があった。

花恵は扇子を使いながら順番を待っている。

——行列、半分になったわ——

ふうとため息を洩らしかけた時、不意に背後からふわりと布を頭に掛けられた。

咄嗟には動けずにいると身体ごと持ち上げられて、茂みの中へと抱え込まれていく。

何かが香った。花や木々の匂いではない。もっと深い、どこかで嗅いだことのある、でも思い出せない——

〟助けて〟
声に出す前に首に組紐の感覚があった。ぐいぐいと絞められていく。
〟助けて〟
やはり声にはならない。
〟このまま死ぬのね〟
苦しい息の下で暗がりの闇に落ちようとした時、
〟ふっふっふっ、らんじゃたい〟
という声が聞こえた。

気がついた時、花恵は千太郎の屋敷の治療処に寝かされていた。お美乃が割烹着姿で甲斐甲斐しく薬と吸い飲みを盆に載せて運んできた。

「気を取り戻しましたよ、もう大丈夫です」

目の前に夢幻がいた。

「先生が助けてくださったんですね。ありがとうございました」

花恵が礼を言うと、

「危ういところであったが間に合ってよかった」

夢幻はやや青ざめた顔で微笑んだ。

「お貞さんの方も何とか――」

青木が顔を覗かせた。

「えっ？　お貞さんにも何かあったんですか？」

驚いた花恵が起き上がりかけると、

「あたしなら、大丈夫。何のこれしき、蚊に刺されたようなものよ」

お貞が障子を開けて入ってきた。

3

布で左手を吊っている。

「物好きな奴か、あたしみたいなのにムカつくって奴が、虫の居所でも悪くてやっただけなんだろうから」

お貞は笑い顔でいる。

「あたしの方は気にしないで」

「それ、もしかして斬られた？」

花恵は動悸がしてきた。

「まあまあ」

お貞の曖昧な物言いに、

「匕首《あいくち》で胸を狙われたものの咄嗟に躱したんで、二の腕を斬られただけで済んだのだ」

青木が気難しい顔で説明した。

「わたしが首を絞めて殺されかけ、お貞さんは刺されそうになったなんて――」

ついに花恵は布団の上に起き上がってしまった。

「誰がそんな怖ろしいことを――」

「脈が速くなってきました。これ以上は話さないで。休まないと駄目です」

千太郎が止めてお美乃が気を鎮める煎じ薬を花恵に運んだ。

「まずはこれでゆっくり眠ることです。今夜はここで容態を見守らせていただきます」

お貞にもこの煎じ薬は運ばれている。

「あたしは大丈夫よ」

飲もうとしないお貞に、

「お貞さんが飲まないんだったらわたしも飲まない。お願い、お貞さん、一人暮らしの長屋に帰ったりしないで。心配でならないもの。前にも、見張られている感じがするって言ってたじゃない？　一緒にここで見守っていただきましょう」

花恵は退かず、

「仕様がないなあ」

渋々頷いたお貞も、

「苦いっ、ああ、良薬口に苦しでしたっけ」

煎じ薬を飲み干して花恵と共に眠りに就いた。

この後、夢幻が遠くで話しているのがかすかに聞こえてきた。

「医者の家とて城ではないから襲うのはたやすい。今夜は屋敷の外で寝ずの見張りが要る」

「わたしも今、それを考えていたところです」

青木が応えると、

「わたしにも見張りをさせてください」

千太郎が一声発した。

「花恵さん、お貞さんにはお美乃を連れ戻すのに懸命になってくださったご恩があります」

「ならば千太郎先生はここで二人の容態の見守りをお願いします。ここで二人に何か異変が起きて気づかずにいて大事に到っては元も子もありませんから」

するると廊下の障子がするりと開いて、

「患者様方の見守りならこの年寄りでもできようが。これでも医者の腕はまだ衰えてはおらぬと自負している。ここはわたしとお美乃にお任せいただきたい。外の守りは若い者に限る。千太郎頼むぞ」

隠居の塚原俊道が有無を言わせぬ物言いで言い切った。

こうして男三人は交替で寝ずの番を務めたが、この夜は何事も起きなかった。二人を見守り続けた隠居も健やかな寝息を聞き続けていて、もう大丈夫と自身の寝室へと引き上げた。

翌日の昼近くになって花恵とお貞は目を覚ました。

「ひりひりするわ」

絞められた首の痕には巻木綿（包帯）が巻かれているのだ。

「斬られるって相当痛いもんだわね」

お貞は顔を顰《しか》めて続けた。

「傷を縫ってもらった左腕が痛くて動かせない。大丈夫なんて言えてたの、きっと興奮気味だったからだわ」

そこへお美乃が玉子粥を運んできた。もちろん煎じ薬も盆の上に載っている。

「二人ともまだまだお薬を飲まなくては。その前に滋養もつけなくてはいけません」

お美乃は珍しく諭すような物言いをしている。気がついたお貞がぷっと吹き出した。

「お美乃さんらしくない。まるで女のお医者様みたい」

「これでも緊張してるのよ。お父様やお兄様が感謝してたように、お二人にはどれだけ心配をかけたかしれないんだもの、もう、昨日の縁日のあの時はどうなっちゃうんだろうって、わたし、自分がどう動いたかもよくは覚えていない――」

　お美乃はその時のことを思い出したのか、両手で頭を被った。

「お願い、何があったのか教えて」

　花恵はお貞に目配せしつつ神妙な顔で頼んだ。

「だったら、その玉子粥食べてからにしてね」

「はい、はい」

「美味しい、最高」

　二人がすぐにぺろりと平らげたのを見て、お美乃が話し始めた。

「あの時、わたしとお貞さんは葛餅の露店の方へ行ったでしょ。花恵さんが並ぶすし屋の屋台とちょうど反対の方向。互いに背を向けてたから花恵さんのことは見えなかった。花恵さんも同じだったと思う。葛餅屋は人なんて並んでなくて、幸い、幸いなんてお貞さんが走ってて、そこへ向こうからどんと男の人がぶつかってきて、お貞さんを撥《は》ねたみたいに見えた。そしたら急にお貞さん、左腕を押さえて蹲っちゃって。左腕から血が流れ出てたけど血は見慣れてるんで大丈夫。急所は外れてるってすぐわかったし、自分の浴衣の袖を裂いて腕をしばって止血した。それから使いを頼んで塚原まで走ってもらった」

お美乃は順序立てて話した。

「あたしのために戸板なんて大袈裟だったわよ。運ぶ人たちが気の毒でしょうが」

お貞の声がやや湿った。

「とにかく、お貞さんが斬られたことで夢中だったの、すぐに駆けつけられなくてごめんなさい、花恵さん。ほんとにあのまま夢幻先生が助けてくれなかったら今頃――」

俯いたお美乃に、

「縁起でもないこと言わないでよ、そういうとこ、お美乃さんのよくないとこよ」

お貞は苛立った声を上げた。

「そ、そうね、ごめんなさい」

お美乃は珍しくもしおらしく詫びた。

「いいのよ、ほんとのことだもの。お貞さんとぶつかって胸を刺そうとした相手について、覚えてる？」

花恵は、自分のこと以上にお貞が心配だった。

「背はあたしとあまり変わらないかな。突き出した匕首を避けた時にわかった」

「顔は見てない？」

「あたしとしたことが、その時見てたのは葛餅屋の看板の方で――」

お貞は悔しそうに言った。

お美乃は、

「わたしには見えたわ。どうということのない縞木綿を着た町人風の男よ。ただしひょっとこのお面を被ってたから顔はわからない」

と言い添えた。

「わたしは後ろから布を被せられて羽交い締めにされて、茂みの中に連れ込まれて首を絞められた。絞めたのは、組紐の感じだったわ」

「組紐ですって？」

お美乃は目を丸くして、

「それ相当な相手よ」

お貞の顔は青くなった。

組紐は主に細い絹糸、または綿糸を組み上げた紐であった。

「兜《かぶと》や鎧《よろい》のおどし糸や刀の柄巻《つかまき》に使われてる。相手は組紐屋じゃないかぎりお武家ってことになるわ」

「お武家はお武家でも用心棒の浪人ってことだってあるでしょ。そうだとすると相当の相手とは言えない」

お美乃はお貞の言葉をさらりとひっくり返した。

「ああ、それと気を失う前に気になったのが香り。とてもいい香りで極楽の匂いかと思ったほどよ。それから相手の笑いを含んだ声も聞こえた。たしか『ふっふっふっ、らんじゃたい』だったと思う」

「何それ、忍者みたい」

クスッと笑いかけたお美乃を、

「お美乃さん、花恵ちゃんは殺されかけたのよ」

お貞はとうとう眦《まなじり》を決して窘《たしな》めた。

「ごめんなさい。わたしはこれにて引っ込みます。お二人に精のつく夕餉を調えるように父や兄から言われておりますので。それではゆっくりお休みください」

そう告げてお美乃が部屋から出て行った後、お貞は障子の隙間に目を貼り付けて、お美乃の後ろ姿が完全に見えなくなるまで見送った。

4

「花恵ちゃん、前にあたし、誰かに自分のことを見張られてるって言ったよね」

お貞は花恵の枕元で声を低めた。

「ええ」

「それ、花恵ちゃんもなんじゃない？」

花恵は黙って頷いた。

「何だか、風がないのに庭の草や木が揺れたり、後ろから見られてるような気がしたり——」

「あたしは人影を見たこともあるの」

「それってわたしたち——」

二人は恐怖に満ちた互いの顔を見つめ合った。

「見当もつかない」

花恵は途方に暮れた。

——わたしたちなんてどこにでもいる普通に暮らしてる娘にすぎないというのに——

花恵のその思いを察したお貞は、

「あたしね、初めは男で生まれてきたのにこんな形《なり》をして女で暮らして、悪目立ちしているあたしへの嫌がらせかと思ったのよ。でも、花恵ちゃんまで酷い目に遭って、それは違うんじゃないかって。あたしたちは単なる脅しでほんとは夢幻先生が狙われてるんじゃない？」

「先生の下で裏稼業を手伝ってるわたしたちまで狙うってことは——」

「そう、だからこれは先生への警告」

「ほんとは殺すつもりなんてなかった？」

正直、夢幻が箱根から届けてきた文を読んでいる花恵には、迫り来る危機が夢幻の身に起こるとはとても思えなかった。

——少なくとも想い人と花や野鳥や四季をあれだけ満喫し尽くしている先生に、その手の危機感なんてあるものなのかしら？——

「夢幻先生が駆けつけて相手が逃げ出してくれたので、花恵ちゃん、こうして助かったのよ」

「わかってる。でも気になるのは、『ふっふっふっ、らんじゃたい』って一体何だろうってこと。これも夢幻先生に関係しているのかしら」

花恵が黙っていると、お貞が続けた。

「らんじゃたいは蘭奢待と書くの。正倉院中倉に伝わる香木で表面は黒褐色、中は空洞なんだって。蘭奢待と名づけたのは遥か昔の聖武天皇だと伝えられてる。お香の名香六十一種のうち第一の名香、香道では奇宝。将軍足利義満、義政、戦国の覇者織田信長たちが一部を切り取ったことでも知られてる」

「そんな大それた香りをわたしが嗅げたなんておかしいじゃない？　わたしの嗅いだ匂いと、らんじゃたいはきっと別よ」

「蘭奢待は一部が切り取られて贈られたわけだけど、これをさらに薄く薄く削って、香りを言い当てる特別な席の聴香に用いられてきてるんだって。つまり、尊い蘭奢待は薄い切片で増やされているってこと」

「わたしを絞め殺そうとした相手は蘭奢待の持ち主でもおかしくないってことね」

「そこらへんの奴でないことは確かよ。でも門外不出になってるはずの蘭奢待の切片の持ち主なんて、たやすくは見つけられない」

そこでお貞は口を閉じた。

「でもどうして、お貞さんは秘されている蘭奢待にそんなにもくわしいの？」

花恵はどうしても訊かずにはいられなかった。

「それはね――」

間を置いてから、

「夢幻先生から前に聞いたことがあったから。あたし、もともとお香に興味あったしね。先生が焚いてたお香の匂い、素晴らしかったんでつい訊いちゃったのよね。そしたらこれは蘭奢待といって由緒ある最上の伽羅《きゃら》なんだっていろいろ教えてくれたの」

とお貞は淡々と理由を語った。花恵はこれ以上聞いても、謎が深まる一方だと思い、横になって休むことにした。


それから数日後、お貞は何とか左腕を吊らなくてよくなって長屋へと戻り、花恵

の方は、

「どうしても親方が戻って来いっておっしゃってますんで。これは親方一世一代のお頼みってことです」

晃吉が駕籠で迎えに来た。

――今度のことではどんだけおとっつぁんに心配かけたか知れない――

「大袈裟なんだからおとっつぁんは」

そうぼやきつつも花恵は従うことにした。

染井に着くと早速厨に立とうとする花恵に、

「後生だからそいつを見なくてよくなるまで厨は晃吉に任せてくれ」

茂三郎は跪《ひざまず》かんばかりに頼んだ。茂三郎の目は花恵の首に巻かれた巻木綿にそそがれている。

「痛々しくて可哀想でたまらない。娘をこんな目に遭わせた奴がわかったら、八つ裂きにしてやりたい」

茂三郎は、つい怒り心頭の本音を吐いた。

5

「娘だからねえ、そいつを跡形もなく治してやりたいんです」

花恵の首の傷を案じた茂三郎は泣きつかんばかりに千太郎に日々の往診を頼んだ。

「これを日に三度、塗ってください」

千太郎は花恵のために貴重な塗り薬を用意してくれた。ミツバチの巣から得られる蜜蠟《みつろう》に、蘭引《らんび》きで得たカミツレ油を加えた特効薬である。

「自分で鏡を見ながら治療できます」

千太郎が日々の往診は不要だと言うと、

「それじゃあ、心配です。草木だって一日、目を離した隙にどうなるかわかりませんから」

などと茂三郎が言い募り、結果三日に一度は診に訪れることとなった。千太郎は朝から夕刻前まで診療があるので、急な容態ではない花恵の往診は昼時となった。

「無理を言っておいでいただくのだから、先生に昼餉をお出しするように」

晃吉は茂三郎から頼まれた。

「なるべく滋養のつく菜を作ってさしあげろ」

「へい」

不承不承応えた晃吉は胡瓜や茄子の漬物だけではなく、茄子味噌炒めに揚げ浸し、南瓜の煮物に加えて焼き鯵《あじ》、鯖の味噌煮等を繰り返し膳に上らせている。

また、茂三郎は訪れる千太郎に挨拶を欠かさなかった。昼餉のほかに若い弟子を走らせてもとめた水ようかんを振る舞うことさえあった。

一方、夢幻からは一輪のひまわりの鉢花が小さな虫籠と一緒に届けられてきた。

「静原夢幻先生には日頃からおまえが並々ならぬ世話になっている上、すんでのところを助けてくだすったのも先生に違いない。そしてこれはおまえへの見舞いなのだろうが――」

茂三郎はやや苦い顔で虫籠の中を覗いた。

「玉虫の時季になったな」

玉虫は美しい虫として古来珍重されてきていて、今も残る法隆寺の玉虫厨子《たまむしのずし》には数千枚の羽が使われている。細長い米型の虫で、全体がぴかぴかと緑色に光り、背中に赤と緑の縦縞が入る。

天敵の鳥がこのぴかぴかと縦縞を嫌うせいで、ひまわりの咲く今頃、真昼間に活動し夜間は樹の幹の陰で休む。卵は榎《えのき》、松、ナツメ等の樹皮の割れ目や傷痕に生みつけられ、幼虫は幹の奥深くに穴を開けて棲み付くため、表面からは見つけにくいが、風雨で幹が折れたり、木が倒れたりする因《もと》になりやすい。庭師や農家にとってはかなり手強い害虫である。

「そして、ひまわりの咲く時季でもあるのよ」

花恵は虫籠をひまわりの花に近づけてみた。ひまわりの眩《まばゆ》い小判色と玉虫の緑色のぴかぴかが似通っている。滅びを知らない永遠の美しさに見えた。ひまわりの花芯にこの虫を載せて蜜を吸わせたらどんなにか映えることだろう――。

――これは夢幻先生一流の活け花なのだわ――

やはり花恵は見惚れてしまう。

「おまえの父親は植木屋だ。花仙を始めたおまえだってその端くれだろう？　玉虫はその虫籠から出さんでもらいたい」

茂三郎は低く呟いた。

これらが夢幻からの見舞いの品だと知らない千太郎は、

「医は仁術という言葉を花に喩《たと》えるならこのひまわりのような気がわたしはします。どこにも翳りのない尽きぬ明るさです」

と言い、ちょうど見舞いに来ていた青木は、

「それに比べて玉虫は正反対。〝どのようにも解釈ができ、はっきりとしないもの〟、ようは世に蔓延《はびこ》る不正が玉虫色のたとえです。役宅の庭でもこの虫を見かけるようになりました。あの、どうぞこれを」

花恵の前で分厚い風呂敷包みを解いた。中は揃いのほおずき柄の浴衣三人分であった。青木の母の文が添えられている。

度重なる皆様の禍にほおずき柄の浴衣は関わってきています。もしや、お勧めしたこの柄のせいではないかと思い悩みもいたしましたが、禍を避けることができたのは、先に皆様が揃えられた浴衣が禍を跳ね飛ばしたからだと思い直しました。きっとお揃いのほおずき柄が身代わりになったのですね。きっと前の皆様の浴衣は汚

れたり、裂けたりしていることでしょう。それでお三方に同じものを誂えました。どうか、新しいもので気持ちを一新なさってください。

秀之介に託して花恵様までお届けさせていただきますので、お美乃様、お貞様が立ち寄られた際にお渡しください。

志野

「これは恐縮です。よろしくお伝えください」

千太郎はお美乃の浴衣を持ち帰った。

花恵を襲った相手の調べに熱中している青木は残った。それであれこれと訊かれたがお貞に話したこと以外、花恵は何も思い出せなかった。そして『ふっふっふっ、らんじゃたい』のことはなぜか伏せた。

翌日、夕方過ぎて訪れたお貞は、初めて見るはずのひまわりの花と玉虫の入った虫籠には気がつかないようで、青木の母親の並々ならぬ厚意にも触れようともしなかった。

「今、お美乃さんのところへ行ってきたの。千太郎先生、大変なことになっちゃってて」

お貞の腕の傷は幸い深くなかったためほぼ癒えて、今はもう巻木綿もしていないというのにげっそりした顔つきであった。

「まずは夕飯、食ってくださいよ」

晃吉は気を利かすと見せてちゃっかり自分の膳も運んできた。

「お嬢さんがお世話になってる先生ですからね、他人事《ひとごと》じゃあありませんや」

千太郎の分の昼餉膳を調える際、時に舌打ちしている様子などはおくびにも出さない。

「大変なことって？」

お貞が鰹のきじ焼きで飯を三膳掻き込んだところで花恵は訊いた。

「今は番屋」

お貞はぽつりと告げた。

「いよいよ先生、仕出かしちまったんですかね」

晃吉のやや意地悪げな物言いに、

「黙ってなさいっ」

花恵はぴしりと叱りつけると、

「それってどういうこと？　昨日、来てくださった時は何もなかったけど」

お貞に話を促した。

「千太郎先生が診た患者さんが亡くなって、それといろんなことが重なってて――。お美乃さんにも会えなかったの」

お貞が言い淀むと、晃吉はすぐさま話し始めた。

「こういう時って、塚原先生んとこもさっきのお貞さんみたいにげっそりしてるんじゃないですか？」

「それじゃ、晃吉、おとっつぁんにわたしも厨に立っていいっていうお許しを取ってきて。三人掛かりなら番屋にいる先生と青木様、お美乃さんと大先生のお弁当、何とか早々に作れるから」

「その代わり、俺もお供させてください。夜道は危ないですしね」

興味津々の晃吉は抜け目なかった。

――ま、仕様がないな――

花恵たちは早速四人分の弁当作りに取り掛かった。まずは出汁で飯を炊く。時季の枝豆を塩茹でして中身を出しておく。

菜は晃吉が安さに惹かれて鰹を二尾も買い置いてあったのが幸いした。鰹のきじ焼きは手間と時のかかる焼魚であった。頭や尾、腸《はらわた》の下拵えをした鰹の胴を筒型の輪切りにして、串打ちをしてから白焼きにし醬油を刷毛で塗りつけて仕上げる。

付け合わせは酒と醬油と砂糖で煮込んだ煮抜き豆腐で薬味はぴりっと辛い紅葉《もみじ》おろしにする。これらを炊きあがって枝豆を混ぜた枝豆ご飯と共に一人分ずつのお重に詰めると、何とか夕餉弁当らしい形がついた。

「番屋の方が先ね」

腰高障子の外で二人分の弁当を受け取った青木は、固い表情でにこりともしなかった。千太郎に会わせてもくれない。

「これじゃ、千太郎先生、まるで罪人扱いっすね」

塚原宅へ向かう途中、晃吉がまた余計なことを洩らしたが、花恵はすでに咎める気力を失っていた。千太郎の薬のおかげで治癒に向かっている首の傷ではなく、胸の奥の方がずきんと痛んだ。

——これは千太郎先生にとって抜き差しならないことなのね——

6

塚原家では迎え出たお美乃が、呆然自失していた。

「お兄様、ちょっと行ってくるなんて言って青木様たちと出て行ってしまわれて。でも、もう腰縄を付けられてて、わたしお父様にだけはその姿を見せたくなかった。きっと当のお兄様もでしょうね」

いつもよりお美乃の顔は、青白くやつれていた。

「まずは食べて」

花恵が勧めると、

「そうよ、食べなきゃ」

お貞も同調した。

「千太郎先生も今頃、これと同じもの、夕餉弁当食べてるはずですよ」

晃吉も口を添えた。

「お父様はお兄様が引き連れられてから一言も口を利かずに部屋に閉じこもってしまってる。お父様に食べてもらわなければ」

お美乃は隠居所へ夕餉弁当を届けて戻ってくると、

「お父様ね、鰹のきじ焼きが大好物なのよ。箸を取ってくれて本当によかった」

安堵のため息をついたが自身の箸は枝豆ご飯二、三口で止まった。

「ごめんなさい、わたしは後でゆっくりいただくわ」

「どうしてこんなことになったのか話して」

花恵は単刀直入に訊いた。

「患者が亡くなるたびに医者が番屋にしょっぴかれてったら、きりがないと思いますけど」

晃吉は首を傾げた。

「一昨日の朝のことで、初めて来る患者さんだった。四十歳すぎの男《ひと》で髷がお百姓さんのものだった。顔も黒くててかてか光ってて。普段はとっても元気で働き者って感じの男だった。名は関村の作太郎《さくたろう》さん」

「医者に来るからには病なんでしょ？」

「江戸の食べ物が身体に合わないのか、咳が出てお腹を下してるっていう話でね。ありがちな夏風邪だと断じたお兄様は、咳止めと下痢止めに効き目のある、粘った飴色の小さな丸薬を持たせて帰したの」

「それだけでどうしてお縄になるんだろう?」

晃吉はお美乃が話しやすいようにしてあげているのか、質問を続けた。

「青木様がいきなりやってきて、診療は止めにしろと言ったんで患者さんたちに帰ってもらったら、その後、作太郎さんが旅籠《はたご》で亡くなったと聞かされた」

「下痢じゃなくてよほどの病だったのをここじゃ、気付かなかったってこと? 突然熱とか出る流行病に罹ってたのを見逃した罪?」

晃吉の矢継ぎ早な物言いに、

「それだけでお縄になってたら、塚原だけじゃなしに市中の医者という医者が縄付きになるわよ」

やっとお美乃は常の気丈さを取り戻し、

「作太郎さんの持ち物の中に阿片が見つかったの。しかも塚原《うち》の薬袋に入ってたのよ」

唇を強く噛みしめながら言った。

「何よ、それ。明らかにすり替えられたんじゃない？」

花恵は声を張った。

「そんなこと言って信じてもらえると思う？　たとえ――」

そこでお美乃はちらとお貞の方を見て言葉に詰まった。

「たとえ何？」

言葉少なだったお貞の様子から弱々しさが消えた。

「たとえあの青木様でもお役人はお役人だってことよ」

お美乃は言い切り、

「酷いわよ、そんな言い方。青木の旦那は死んだ男の真相を突き止めようとしているはず。本当に薬袋の中身がすり替えられたものなら、そのうちきっと真実が明らかになるわ」

お貞は言い返して、晃吉の困惑げな目が頷いた。

「一昨日の朝の患者で千太郎先生が阿片を渡した人、いなかったんすか？」

晃吉は問いを再開した。

「お兄様が渡す相手を間違ったとでも言うの？」

お美乃がいきり立ったが、

「俺が言わなくてもお役人はそこを突いてきますよ」

晃吉は穏やかに続けた。

「それとここに阿片を置いてるかどうかってことも訊かれると思いますけど。昔、大先生が高い薬礼（治療代）取ってた時はあったんじゃないっすか？　これも青木様じゃなくても、お役人なら誰でも訊きますよ」

「そうだったわね」

お美乃はいくらか平静を取り戻して、

「阿片は一つ間違ったら命を落としかねない薬。飲む量の加減がとてもむずかしい。お父様の頃は痛みで苦しむ末期患者に出していたのを、お兄様の代になって止めたと聞いてる。薬蔵にしか残っていないはず」

と言い切ったものの、

「こんなこと言うとまた怒るかもしんないけど、人ってなかなか退けないもんすよ。大先生、あれだけ名前売ってたわけだし、なかなかご隠居になりきれないんじゃないっすか？」

晃吉の指摘にはっと気がついて、

「たしかにお父様が薬蔵を出入りしてるのを見たことがあるし、診療処の薬棚の前にもよく立ってる。もしかして――」

がくりと頭《こうべ》を垂れた。

すると晃吉は、

「まあ、これはお上の突っ込みをよんでみただけ。阿片なんて高くて危ない薬、使ってないって言い張って、すり替えを言い通してお解き放ちになるかもしんないんですから。覚悟は要るけどそうくよくよすることはないっすよ。それとね」

お貞を見遣った。

「あたしは千太郎先生の身の潔白を信じてるし、大先生だっておかしな振る舞いはしてないと思う。それだからこそ、今は青木の旦那たちを敵にまわすんじゃなくて、上手く懐に飛び込んでみたい。今、作太郎って男のことでわかってるのは、〝阿片で死んだ、塚原で出した薬袋の中身は下痢止めなんかじゃなくて、阿片だった〟ってことだけでしょ。お上はもっと別のくわしいこと、知ってるんじゃないかと思うんだ」

お貞の言葉に、

「でもあの堅物の青木様が教えてなどくれるものかしら？」

お美乃は悲観的である。

「それなら――」

花恵はお貞に目配せした。

これを察知した晃吉は、力強く言った。

「あの方なら味方になってくれるかもしれない」

察したお美乃はやっとこの日初めて笑顔を見せた。こうして三人は青木の母へのお揃いの浴衣のお礼と共に、今お美乃の兄の身に降り掛かっている、急を要する難儀な一件についての詳細を知りたい旨をしたため、晃吉に届けるよう頼んだ。

不安そうなお美乃に請われた花恵とお貞は塚原家に泊まることになった。

翌日の朝餉は味噌に下ろした生姜を加えて焼きながら塗り付ける夏焼きおにぎりと、お美乃がどっさり買い置いてあった黄粉《きなこ》をまぶす黄粉おにぎりを三人で一升握った。

「大先生にもこれで我慢してもらって何とか今日一日を乗り切りましょう」

花恵が掛け声をかけた。

黄粉に塩を少々混ぜるとあっさりとしつつも何とも深い味わいとなり、こうも簡単なのに後を引く逸品であった。生姜味噌を使う夏焼きおにぎりの方は花恵の提案で、黄粉おにぎりはお美乃の得意料理だった。二人とも亡き母親から伝授されていたことがわかると、

「いいなあ、料理上手のおっかさんがいて」

お貞は羨ましがり、

「うちのおっかあなんてあたしがこんなに江戸の水に染まろうって頑張ってんのに、まだ麦焦がしのはったい粉なんて野暮なもん、送ってくるんだからやんなっちゃう」

つい口を滑らせてぼやくと、

「あら、いいじゃないの、わたし、麦焦がし好きよ。特に好きなのは大麦から作るはったい粉。色だって灰褐色で粋な色じゃない。お砂糖と混ぜてお湯で煉ると最高のお八つになる」

お美乃は逆に羨ましがった。はったい粉は大麦の玄穀を焙煎した上で挽いた粉である。

「わ、意外。花恵ちゃんやお美乃さんはあたしなんか足元にも及ばない粋なお嬢様で、麦焦がしなんて食べるとは思ってなかった」

お貞は驚き、

「わたしは雑穀屋に買いに行くほど好きよ」

お美乃は笑顔で言った。

「とにかくおっかさんが生きてて麦焦がしを毎年食べられるお貞さんは幸せよ」

花恵の言葉に、

――あたし、悪いこと言っちゃった？――

お貞の目が案じた。

「その麦焦がしのはったい粉、わたしにも分けてほしい」

大真面目な顔でお美乃が言い、しばし三人の間に笑いと寛ぎの時が流れた。

7

それからほどなく青木秀之介が塚原家を訪れた。

「偶然一緒になりましてね」

後ろで、走ってきた晃吉が息を切らしている。

晃吉は出された湯呑の水をがぶがぶと飲み干したが、固い表情の青木は口をつけなかった。

「見てもらいたい物がある」

そう言って包みをほどくと、

「あれ」

「あっ」

お貞とお美乃は声を上げた。

それは折り畳まれてぐにゃりとなったひょっとこのお面だった。

「見覚えがあるか？」

「ええ、たぶんあの時の物、お貞さんに斬りつけた奴が被っていたお面——」

お美乃の言葉に、お貞は顔を青ざめさせた。

「そうか、わかった」

合点した青木が腰を上げると、

「それだけ？　何のために確かめに来たのかぐらい言ってくれてもいいんじゃないですか？」

晃吉が異議を浴びせた。

「それは——」

言いかけて押し黙った青木は、そのまま背を向けて玄関の外へと出て行った。

「ようは千太郎さんのことではなく、お貞さんに斬りつけた下手人の調べに来たってことよね。忙しいこと」

花恵が呟くと、

「早く見つかれば安心できるのにね」

てっきり兄のことで訪れたのだと身構えていたお美乃は拍子抜けした表情になった。

そこへ青木の母から文が届いた。

昨夜遅くに帰ってきた秀之介と西瓜を食しながら聞いた話です。

亡くなった方は練馬は関村に住むお百姓の作太郎さんという方で、阿片の毒で眠るように命を落としていたとのことです。その阿片が千太郎先生がお渡しになった袋から出てきた以上、先生に嫌疑をかけざるを得ないのだと苦しい胸の裡を語っていました。遺されていた持ち物には少々の路銀とひょっとこのお面、尾籠な話ですが褌《ふんどし》の中にひまわりの種三十粒ほどがあったようです。そんなわけであまりお役に立つ話は聞けませんでしたが、秀之介は精一杯、千太郎先生の身の証を立てるためにお役目を果たすことと信じております。

「ということは、先ほどの青木様はお貞さんを襲った下手人が作太郎さんだということを確かめにいらしたのね」

花恵の言葉を、

「作太郎はそのこととの口封じで阿片、盛られちゃったってこと？」

晃吉が受けた。

「あたしは作太郎が阿片の仲買人同士の揉め事で殺されたっていう方がまだ得心できる。おかしいじゃない？　あたしなんかが狙われるの」

お貞は思い詰めた口調になった。

「わたしは作太郎さんがよりによって褌の中にひまわりの種を隠すように持っていたことの方が気になる。隠すんだったら阿片の方でしょ。それに阿片の仲買人だったら阿片の匂いぐらい知ってるはず。間違って飲んだりしない」

お美乃は言い切った。

「作太郎さんは褌にひまわりの種を隠し持って市中に出てきて、ひょっとこのお面を被ってお貞さんに傷を負わせた後、夏風邪に罹って千太郎先生に薬を貰った。それがいつのまにか阿片にすり替わってて知らずに飲んで亡くなったということになる。一番不審なのはひょっとこのお面でお貞さんを襲って阿片で殺されたことよ。やはり、これは晃吉の言った通りの口封じだったんじゃないかしら？」

「それじゃ、褌の中のひまわりの種は何なの？」

お美乃が異を唱えた。

「これはおとっつぁんから聞いた話よ。練馬は五代様（徳川綱吉）の頃から練馬大根の産地でしょ。凄い人気の大根だから練馬のお百姓たちはこぞって作る。そのお百姓たちの神様の一つが馬頭観音。馬に農耕を手伝ってもらわないと沢山の練馬大根は作れないのよね。それもあって馬を大事にしてる。だから餌にとっておきのひまわりの種を混ぜるんだそうよ。練馬のお百姓である作太郎さんとひまわりの種はつながってるんじゃないかしら」

花恵は思うところを口にした。

「でも、どうして市中に来るのにわざわざ褌の中にひまわりの種を隠し持たなくっちゃいけないのよ？」

お美乃はまだ腑に落ちない。

「そりゃあ、ひまわりの種にすげえ価値があるからじゃね？」

晃吉が口を挟んだ。

「小判色の花は咲かせるけど種が小判になるわけじゃないでしょ？」

お貞はお美乃に加担した。

「お父様の話では、ひまわりの種には貧血や冷えを防いだり、病に罹りにくくする働きがあって、年を経た女の肌も若返らせることができるだろうって。あ、そうそう、ひまわりの種の入ったパンとかっていうものやお菓子を長崎にいた頃、食べたことがあるってお兄様が言ってたわ。美味しかったそうよ」

お美乃は思い出したように、一気に話した。

「おとっつぁんは種から油を搾れば菜種油や胡麻油にも負けない、風味のいい食用油になるだろうって。その油粕《あぶらかす》は蠟燭《ろうそく》の材料にできるだろうし、大きな葉だって滋養があるんで馬は種だけじゃなく、葉の方も食べてるはずだそうよ」

花恵が言い添えた。

「でも、あれだけ大きく育つのって何年もかけて育つ木と違って、よほど肥やしをやらないと駄目なんじゃない？　百姓泣かせよ、きっと」

お貞が言うと、

「心配ご無用。親方に言われて世話してたことがあるんだけど、これが手間いらずなんだ。種が大きいからたやすく芽がふいてくれるし、植えた土の肥やしだけで充分。暑さに向かう時季ににょきにょき育って暑さの盛りに花をつける。よほど日照りが続くとさすがに枯れるけど、そこそこ水が足りてればぴんぴんしてる。花の人気が出ないんで育てるの止めただけのことだよ」

晃吉は自信たっぷりに応えた。

「種取りの案配、時季とかむずかしいんじゃない？　知らないうちにどっかへ弾け飛んじゃうとか」

さらにお貞は訊いた。

「いいや。花が枯れた証はあの大きな花が頭を垂れる時で、そうなったら茎ごとチョッキン。雨の当たらなくて風通しのいい軒下に吊るして干しとくだけで種がどっさり」

「わあっ、うちの長屋でも育てられそう」

お貞は歓声を上げた。

「考えてみればたしかにひまわりの種、知る人ぞ知るの価値があるわね」

――とはいえ、作太郎さんの死の因がひまわりの種に関わっているかもしれないけど、しっかりした証というか、作太郎さんが馬と大根で知られている練馬のお百姓だったというだけでは弱い。誰かに会ってひまわりの種をどうにかしていたという事実でもないと――

その後の進展は全くないまま、千太郎は番屋から伝馬町牢屋敷の揚り屋に入牢《じゅろう》となった。揚り屋は下級武士や身分の低い僧侶・神官、医者等に限って収容される牢であった。少なくともここでは牢名主や配下に危害を加えられる心配はない。

8

花恵はどうして作太郎がひまわりの種を持っていたのか気にかかっていた。

——後生大事だからに違いないけれど、ひまわりの種だったら、馬に食べさせるのに練馬でだって沢山できるはず。どうして、わざわざ江戸まで出て来てひまわりの種を得なければならないのだろう——

行き詰まった花恵は、ひまわりの種を扱っている雑穀屋、中でも元締の〝奥州《おうしゅう》一関屋《いちのせきや》〟に聞いてみようと思い、両国の外れにあるその店へと向かった。元締と言うわりには間口もそう広くない店ではあったが、長く雨露に晒されて耐えた屋根の看板には老舗らしい風格があった。店の棚には粟《あわ》、稗《ひえ》、黍《きび》、蕎麦等の雑穀や豆類が並んでいて、二人の奉公人が傷みや虫食いを丹念に調べていた。正面の帳場には白髪混じりではあるが眉は太く、気迫を感じさせる四十半ばの主がどっかりと座っている。小商いの典型であった。

花恵はひまわりの種が人殺しに関わっているかもしれない旨を順序立ててきっちりと相手に話した。

「すると、あんたは人殺しを疑われてるその若い医者の救いの神になるってえんだな」

元締は煙管を手に取り火皿に刻み煙草を詰めると火種に煙管の先を近づけ、煙をゆっくりと吐き出した。

花恵が返答に躊躇していると、

「世の中銭金、損得ばかりがまかり通ってて、人に命懸けで惚れたり、助けたりしねえご時世になっちまってる。俺は好かねえ。少なくとも権現様（徳川家康）が開府なさった頃は違ってたはずだ。権現様に見込まれて雑穀一筋に励んできたのがこの奥州一関屋だよ。あんたを見込んで一つひまわりの種の話をしてやろう」

元締は満足気に語り始めた。

「ひまわりが渡来したのは四代様（徳川家綱）の治世だ。三代様（徳川家光）の時にこの関東中心に降りかかってきた寛永の大飢饉のことは皆もう忘れかけていたから丈菊《じょうぎく》と言われたひまわりは、形ばかり大きいだけでしおらしいところのない花とされたんだ。気取った茶人なんぞには見向きもされず、種の価値まで見落とされ、長く忘れられていた。だが昨今、この種にはたいそう滋養があって食い物としても美味で、なかなかのお宝なのだということがわかってきたのだ」

「でも――」

花恵は棚の品揃えにひまわりの札を見つけようとしたが見当たらなかった。

「ないない、店になんぞ置いておけるもんか」

とやや声を張った後、

「隠してある」

元締は奉公人にも聞こえないよう花恵の耳元で囁いた。

花恵は店の奥へと誘われた。廊下の先の蔵に行き当たる。錠が外されて中に入り、二人は向かい合った。

「ここは特別な場所だ。特別な相手しか招かねえ」

それにしては雑穀の入った大きな瓶や木箱が並んでいるだけの殺風景な土間であ

った。元締は茶褐色の大きな煎餅のような菓子を花恵に黙って渡した。一口齧ると芳醇な香りとさくさくした食感で、

「美味しいっ」

思わず洩らすと、

「それはひまわりの種を挽いてひまわり油を加え、砂糖ではなく少々の塩で味付けしたひまわり煎餅だ。俺のおやじが作った」

「ちょうどお腹が空いてたので何よりでした」

「そうだろう。これは究極の飢饉食なんだから」

「飢饉食？」

「実は寛永の大飢饉の後も今日まで、至るところでずっと飢饉は続いている。あんた、飢饉というのがどんなに悲惨なものかわかるか？」

花恵は答えられなかった。

「大雨が洪水を呼び、家が流され沢山の人が死ぬのはこの江戸でも起こる。だが深刻なのは、常の気候ではなくなることだ。日照りが続く旱魃《かんばつ》は言うに及ばず、稲刈りの頃に霜が降りたり、奥州では夏でも凍えるほど寒かったり、バッタなんかの虫

が空を覆って作物を根こそぎ食い尽くす虫害だったり、それが飢饉よ。各藩では飢饉に備えてお助け蔵を設けているがその程度ではとても足りない。毒草とわかっていてもひもじさに耐えかねて食っちまって死ぬ者もいる。そんな飢饉の時こそひまわりの種は神になる。そして、この効用は飢饉に向けるべきで、金儲けの元になってはいけないと俺は思っている」

——たしかにひまわりの種の真の価値が商いに向くと、薬や化粧品やらの効果が謳われて鎬《しのぎ》を削ることになる。繁盛するのは商人《あきんど》ばかりで飢饉で命を失う人の数は減りそうにない。こういう考え方をするなんて、あの方に似ている、あっ——

花恵が叫んだのは向かい合っていた元締がつるりと顔を撫でまわした後、太く白い眉を外し、半白の髷を取り除けたからであった。

「夢幻先生」

静原夢幻が綿《わた》を忍ばせたせいでややでっぷりとして見える羽織姿で目の前にいた。

「なかなか気がつかないんで少々苛立ちましたよ」

「そんなことおっしゃられても——」

花恵はまだ驚きの動悸がおさまらない。

「もっとも青木様とて少しも気づいてはおられなかったのだから、仕方がないか
――」

夢幻のからかう口調に、

「あたしたちが千太郎先生のことをどんなに案じているか――」

花恵は抗議の口調になった。

「いずれ先生の身の潔白は立ちます」

「それには作太郎さんを阿片で殺した真の下手人を見つけないと」

「それが目的でここに来たのではありませんか？」

「その通りです」

「それなら早速、練馬へ急ぎましょう」

「その前にひまわりの種と作太郎さんがどう関わっているのかを教えてください」

――わけもわからずに動けるものですか――

花恵は少々夢幻に対して意地悪になっていた。

――あんな文をわたしに寄越しておいてこの態度。どうしてお福さんをあんなに

天女みたいに特別扱いして、深い想いを寄せるのかしら？――

「褌にしまっていたひまわりの種は、実は彦平が作太郎に持たせてやったものです。あれは練馬のひまわりの改良種でとにかく冷涼な夏に強い。時に長く続く飢饉の間もあれが育てば持ちこたえられる命は増える。練馬の夏はただでさえ暑いので、ひょっとしたら今からでも種が育って花が咲き、また種をつけるやもしれない。それも試みてこの種を増やしてほしかった。何しろ、練馬には馬に食させたあのひまわり畑がそこかしこにあって、わたくしは練馬を訪れた際、馬をただの馬と見做さず、農耕の友として思いやる馬医や農民たちの心に打たれたのです。その労わりと優しさはまさにひまわりの花の輝きのようだと思ったものですが――」

そこで夢幻は顔を曇らせた。

「作太郎があんな目に遭った以上、練馬に変事が起きているのは間違いない。ですからわたくしは急がねばならない」

夢幻は着ていたものを脱ぎ捨てた。膝から下が見えている百姓の形に、整った顔と髷が載っている。

花恵がぷっと吹き出すと、

「笑う暇があったらあなたも早く着替えなさい」

夢幻は近くにあった柳行李を開けると、丈の短い洗いざらしの着物一式と藁草履《わらぞうり》を掴み取って花恵に渡した。

夢幻は自分の髷を崩れ気味にして顔に用意してあった炭を塗り付けると、

「さあ、これを使って」

花恵にも手渡した。花恵は見様見真似で頬と額に炭をこすりつけた。その間に夢幻は花恵の結い髪を解いて一括りに結んだ。

「大丈夫、こうなればどこをどう見ても立派なお百姓だ。怪しまれることはない」

夢幻は黒くなった顔のせいでひときわ映える白い歯並みを見せて笑った。そして衝立の向こうから大きな背負い籠と鍬を取り出し、手にした。

「夕刻には着くだろう」

練馬の百姓たちは練馬大根を市中に運んで売る晩秋近くになると、九ツ半（午前一時）に収穫を終え、清戸《きよと》（清瀬）と江戸川橋を結ぶ清戸《きよと》道《みち》を、練馬から約三刻から三刻半（六時間から七時間）歩いて江戸の市場に辿り着く。

今はその逆でちょうど昼時なのでたしかに夕刻には間に合いそうだった。途中、夢幻は花恵のために休みを取ってくれたので、水とひまわり煎餅で人心地つくことができた。

——親切なところもあるにはある——

ほんの一時、花恵はあの文のことを忘れかけた。

——駄目、駄目。お福さんにはもっと親切で優しいに違いないもの——

お福への想いや何より自分にどうしてあんな文を届けたのか。知りたくてならなかったが、とても言い出す勇気はなく、代わりに、

「市中だって暑いのに練馬はもっと暑いんでしょう？」

つまらない愚痴をこぼしてしまった。

すると、夢幻は穏やかな表情で、

「たしかに暑いですし、今は大根の時季ではないから美味い大根料理とはいきませんが、先に着いている彦平が夕餉を用意してくれているはずです。もう一息、二息、頑張ってください」

意外にも大真面目に励ましてくれた。

9

うっすらと夕闇が訪れた頃、二人は練馬へと入った。市中とはかけ離れた田舎である。

――何と寂しいところだろう、それにこれから暗くなるのね――

花恵が不安を感じたその時、かあかあと烏《からす》が鳴いた。

「烏は江戸と変わりませんね」

思わず口に出したその刹那、

「危ないっ」

土の匂いを嗅いでいた。夢幻に押し倒されて一緒に地面に伏していた。

「これはまた、たいした御挨拶だな」

素早く立ち上がった夢幻は近くの木の幹に突き刺さっている矢を抜いた。

「今時、こんなもので射殺そうとしたのか」

ふんと鼻で笑うと、

「ともあれ、急ぎましょう。さあ」

驚いた花恵が固まってしまっていると見た夢幻は腰を下ろして花恵に背中を向けた。

——ああ、でも——

一瞬、さっきの怖さを忘れて戸惑っていると、

「遠慮は無用です。さ、早く」

夢幻の背中に急《せ》かされる形で花恵はおぶわれてしまった。背負い籠は花恵が両手で持つことになった。

夢幻はすぐさま走り始めた。

しばらくすると、

「彦平の声がする」

と人並外れた聴力が捉えた場所へと向かった。夏の林は葉や幹、土の匂いが満ちている。

「何やら、様子がおかしい」

夢幻は林を抜けていく。

「ここだな」

　一軒の小屋の前で止まった。

「血の匂いがする」

　夢幻は小屋の戸を開けた。

「彦平、大丈夫か？」

　夢幻は声を掛けたがそこは真の闇で花恵には見えない。

「だ、旦那様、申しわけございません、不覚でございました」

　彦平は瀕死の声だった。

「生きていてくれてよかった」

　夢幻は花恵を背から降ろし、花恵が抱えていた背負い籠の中のものを使って彦平の手当てを始めた。全てをほぼ暗闇の中で行う。夢幻は聴力だけではなく夜目も利く。

「こんなこともあろうと金創膏《きんそうこう》も用意してきた。傷は浅い、腕と肩だけだ。胸も腹も達者だ、よかった」

　金創膏は古来の傷薬で血止め、抗菌等の優れた効能がある。驚いたことに籠の中には傷を清める焼酎の入った竹筒や晒まであった。

「さらに申しわけなきことがございます。守り切れずに作太郎の妻子を連れ去られてしまいました。この役立たずの老骨が腹立たしい。それから――」

彦平は泣くような声で詫びた。

「もう、いい。気にするな。作太郎の妻子はわたくしをおびき出すための人質にすぎないからな。すぐに殺すようなことはあり得ない。手当ては済んだ。これを飲んで、しばし眠れ」

夢幻の言葉に安堵したのか、痛み止めの附子《ぶす》を使った丸薬を飲んだ彦平は寝息をたてはじめた。その様子を見た夢幻は、

「古い水甕《みずがめ》があったので、川の水を汲み置いておく。彦平には熱が下がるまでは水だけ、下がったらひまわりの種を砕いて水と合わせ少量ずつ食させてやってほしい。わたくしが戻るまで決して外へは出ないように。額は極力冷やして、彦平をよろしく頼む」

と告げ、村の様子窺いに出かけていった。疲れ果てた花恵は彦平を看ながらいつしか眠っていたが、気がつくと小屋の中が白みはじめていた。

「花恵様」

彦平も目が覚めていて、ようやく彦平の顔をちゃんと確認できた。

「あなたも旦那様とご一緒されていたんですね」

——強いられて仕方なくとは言えない——

それには応えず、

「まだ、熱がありますね」

花恵は彦平の額に載せられていた水気を失っている手拭いに触れた。

「取り換えないと」

花恵はちらと水甕の方を見た。

「貴重な水です。わたしはもう大丈夫ですから大切になさってください」

「いいえ、先生のご指示なので」

花恵は木桶に水甕の水を注ぐと手拭いを浸して絞り、再び彦平の額に載せた。

「まさか、奥州一関屋のご主人で市中の雑穀屋の元締が夢幻先生だとは夢にも思いませんでした」

花恵は先ほどの彦平の言葉に遠回しながら応えたつもりだった。あれほど多忙な夢幻が、雑穀屋といえども元締などという重い役目をこなしていたのは信じがたかった。

「普段はこのわたしが、あなた様がご覧になったのと同じ顔でお役を務めております。この国に奥州一関屋の元締がいなければならない理由は旦那様からもうお聞きになっているでしょう?」

「ええ。ひまわりの種の密かな普及で飢饉のためだけのものであると」

「それはわたしの昔話を聞いた旦那様が始められたことなのです。今は朽ち果てかけている老体のわたしにも幼い頃はありました。しかし、悪夢のような子ども時代でした。奥州は八戸《はちのへ》藩に生まれ育ち、寒い夏がほぼ毎年で食べ物をもとめて里に下りて来る、猪たちと争うように、草木を食べ尽くす日々でした。米はもちろんのこと麦や他の雑穀さえおぼつかない年もあったんです」

そこで彦平はしばらく口をつぐんだ。眠ってしまったのかと窺うと相手の目は小屋の天井を睨んでいた。まるでそこに飢餓ゆえに競い合う猪の群れがいるかのように。

「猪は捕えて食べたのでしょう?」

猪肉は牡丹とも称されて市中では人気のあるももんじ料理に供されている。

「もちろん食べては鬼になると忌まれていた猪肉も食べました。そして、これは決して表沙汰にはなっていないことですが、飢えて力が弱り、そうそう猪を捕えることができなくなると、十日毎に隣近所で肉の分け合いをするようになりました。それぞれの家族が一人、二人と減っていきました。人が人を食べる、まさに鬼でなければできない所業でした。〝七歳までは神の内〟という言葉に添って、ごく幼い者たちから糧《かて》にされました。神への供物という名目で。わたしは七歳を過ぎていたので何とか免れたのですが、可愛い盛りの弟や妹を失いました。それでわたしは今でも樽が苦手です。漬物さえも食べられません。樽を見ると思い出してしまうからです。神への供物はどこの家でも樽に塩漬け、味噌漬けにされていました。これが嘘偽りのない飢餓なのです」

そこまで話した彦平は閉じた目から涙を流しつつ静かに先を続けた。

「こんな話を旦那様以外の方にしたのはあなたがはじめてです。今、わたしたちは狙われています。花恵さんやお貞さんを巻き込んでしまったことを悔いています。この隠れ家にいてもあなたや旦那様の命は危ない。ですから、もしもの時はわたしをここに置いてどうか逃げてください。所詮、故郷《くに》の飢餓がもう少し長引けば消えていたわたしの命です。この年齢《とし》まで永らえてきたことですし、少しも惜しくはありません。生きて旦那様と飢餓のためのひまわりの種を広めてください」

10

——食うか、食われるかというのは商いや競い合いの譬《たと》えだとばかり思っていたけど、飢餓の有様から出た比喩なのかもしれない——

花恵は彦平の話にがちんと頭をかち割られたかのような驚きと衝撃を覚えた。すると村へ着いて襲われて以来、ずっと恐怖と不安の縛りで硬直していた身体がなぜかほぐれた。

——これが悪夢だなどとはもう思うまい。死んだ気で立ち向かおう。どうしようもない究極の飢餓より少しは活路があるような気がする——

陽が暮れて小屋の中が暗くなってきた頃、手拭いでほっかむりをしている百姓姿の夢幻が一度戻ってきた。

「村は常になく活気を失って静まり返っている。皆、黙々と野良仕事をしていて、まるで口を利くのさえ止められているかのようだ。何度か訪ねたことのある馬医の先生の家には獰猛《どうもう》な犬たちが陣取っていて近づけなかった。犬笛で手なずけられている様子だったから飼い主がいる。そいつがこのたびの非道な難事の黒幕だろう」

夢幻はぽりぽりと音を立ててひまわりの種を美味そうに食し、花恵は目覚める毎に恢復している様子の彦平の口に、水練りの砕いたひまわりの種を運んだ。

「あなたも食べてみてください」

夢幻に勧められて齧るとひまわり煎餅とはまた別の野性味のある風味だった。

「たしかに力がついてくる気がします」

花恵は夢幻に倣って幾粒も夢中で食べた。

「いやはや、尾行《つけ》られているのを撒《ま》くのは難儀でしたが、村に一軒だけある居酒屋でおおよそのことがわかりました」

小屋の中も物や顔の判別がやっとつく程度に暗い。

「ひまわりの種は馬にだけ与えるのではなく、優れた救荒作物として人の間にも広めようと、わたくしたちと力を合わせていた馬医の先生やその師弟たちも作太郎の妻子と共に囚われているようです。犬たちは代官所の飼い犬とわかりました。練馬は幕府領ですから、ここの代官所は常に五代様（徳川綱吉）の生類憐みの令に、敬意を払わねばならぬと豪語しているのだ」

夢幻の言葉に、

「五代様への御恩ならこの地にはたしかにあることと思います。五代様は練馬で脚気の療養をされた折、練馬大根の美味さにいたく感動され、以来、特産品として、長きに亘ってこの村を潤してきたのですから。しかし、生類憐みの令は、とっくの昔に悪法と見做されているのは承知のことです」

つらそうな顔をした彦平は首を傾げた。

「五代様への変わらぬ敬意と見せかけて、犬たちを仕込んで村人たちへの脅しにしているのかもしれない。おそらく代官の手下が江戸でわたくしのことを探っていたのだろう。作太郎は妻子を人質に取られて、わたくしたちの試みを潰すよう命じられたのだ。わたくしの手下のお貞を襲わせ、外堀を埋めるつもりだったのだろうが、作太郎はわざと外したのだと思う。どんなことがあっても人を殺せるような男ではない。できたとしても、いずれは口を封じるつもりだったのかもしれない。見張られていた作太郎がやり損じた結果は知っての通り、阿片を無理やり飲まされて殺されたのだ。千太郎先生の風邪薬はいいように使われたわけだ。何という卑劣極まりなさだ」

夢幻は憤懣やる方ないという物言いになった。

「それでお代官は何をどう企んでいるのです？」

花恵はとても恐ろしかった。

「この地のひまわり畑をさらに広げ、お上への忠義と救荒のためと偽りつつ、他所《よそ》での作付けを禁じ、冒せば厳罰に処するという御定法にもっていく。後はひまわりの作付権、売買権を一手に牛耳ろうというのだろう。村人たちの話では、ここの村にだけは、特別なはからいで馬に食べさせるひまわりの種に限って、銭はとらないという恩着せで報いてやるというお達しがあったそうだ」

夢幻の説明に、

「自分たちで汗して得た作物に恩を着せられるなんて酷すぎます。それなら今までの方がずっとましです」

花恵も心《しん》から腹が立ってきた。

「代官所は言葉巧みだ。糠漬けが最も美味な細目の練馬大根はこの地の土が作付けに向いていたからできたのだが、多年に亘って作り続けた結果、土の入れ替え等の手間がかかる。これを怠ると大根に病が出る。それに四苦八苦している人手のない家では、練馬大根畑を一部ひまわり畑にすれば、手間も人手も省けて馬の餌代が出るとの代官所の言葉に賛同しているのだ」

わからないでもないと花恵は思った。

「よかれと思って始めたことながら、死んだ作太郎をはじめこの村の人たちの間に混乱を生じさせたことにわたくしは責任を感じている。何としてでも、ここを元通りの思いやりに満ちた、かつての温かく明るい村に戻さなければなりません。それには闘わねば」

夢幻は言い切った。花を活ける姿とはまた違う、決死の覚悟が滲んでいた。

「代官所と闘うんですか?」

花恵は耳を疑った。

「その通り」

夢幻は目を据えた。

「でも、そんな――」

――あちらは多勢。先生一人で勝てるとはとても思えない――

「案じるな」

夢幻は声を張った。

「わたしは少しも案じてはおりません」

彦平は凜とした声で応えた。

「帰りを待っていてくれるな」

夢幻が念を押すと、

「はいっ」

彦平は精一杯の大声を出した。

――どうせ、あたしは役になぞ立たないだろうから、ここに置いていかれるのね

花恵は望みのない闘いで命を落とすよりも、夢幻が死んで自分一人が生きているかもしれないことに絶望を感じていた。なんとも虚しかった。夢幻と出会ってから、何度も命の危険に見舞われたが、不思議と夢幻のためなら自分を犠牲にしてもいい

とまで思えた。

——できることなら一緒に討ち死にしたい——

思い詰めると、知らずとひまわりの種に手が伸びていた。

——ああ、でも討ち死になんて恰好いいことできない。だってわたし、剣術《やっとう》なんてしたことないもの。植木用の鋏《はさみ》や鍬なんかをなんとか使いこなせるだけ——

小屋を見廻すと、農具用の鋏が目に入った。

——これなら——

花恵の手はひまわりの種から鋏に向かった。手にすると、錆びついていないかすぐ試す。小屋の隅に立てかけられていた乾いた竹の何本かがすっと折れて倒れた。

「あなたも力を貸してください。それから鋏の他に鍬や鋤《すき》はわたくしも持つが、あなたも持てるだけ持つように」

夢幻の声が聞こえた。

「わかりました」

花恵の声は弾んだ。

「闘いには戦略が要る。まずは代官所の牢を破る。これはそれほどむずかしくない。

牢役人たちはそう強くはないからです。牢を開けさせたらすぐに鍬や鋤を馬医の先生や師弟たちに渡す。あの人たちには何としてでも自分の身を守ってほしい」

「でも作太郎さんの妻子に、闘いはとても無理です」

「作太郎の妻子はわたくしが守ります。その頃にはもうわたくしたちは代官所の連中に取り囲まれているはずなので、花恵さんも鍬で敵を倒すのです。そして、石神井城跡へと向かう。そこは石神井川の谷と三宝寺池の間の丘だ。そこを目指して合戦をする」

「承知しました」

花恵はもう何も考えていなかった。合戦と言っても代官所を敵にまわしてこちらは二人だけなのだが、その事実さえちらとも頭の中をよぎらなかった。

こうして二人は代官所へと向かった。

代官所の前は多くの者たちが警護していた。これでは牢に辿り着くことなどできそうになかった。

「躊躇うことはない、進むのです」

そう告げて夢幻が代官所の門前へと歩を進めた時、なにやら背後にざわついた気配があった。気配のざわつきはだんだん増していく。二人が振り返ると鍬や鋤を手にした村人たちの姿があった。数え切れないほどの数の老若男女である。

「馬医の先生方や女子どもをこんな目に遭わせるのは許せねえ。死んだってえ作太郎も代官に殺されたらしいじゃねえか。そういう相手はたとえお上でも人でなしだ、先行きを信じられねえ」

庄屋と思われる一人が言った。

「一緒に取り戻させていただきたいです」

もう一人が言い添えた。

「そうだ、そうだ」という声が大合唱になった。ほどなくそれは夢幻と花恵を先頭に牢屋まで押し寄せる波となった。驚愕した役人たちは何もできぬまま、牢は破られた。夢幻と花恵は馬医とその師弟たちに鍬と鋤を渡し、夢幻は妻子を背負う。そこでやっと、「狼藉者め、始末、始末」という怒声が響いた。剣術と犬笛自慢の代官が立ちはだかる。役人たちも刀を抜いた。代官の犬笛が吹かれ、猛犬たちが繰り出されてきた。しかし犬たちはこちらへは向かって来なかった。吠えたてている相手は代官を含む役人たちだった。犬たちは歯を剝きだして猛然と嚙みついていく。

役人たちは食い付いてくる犬を引きずりながら、何とか刀を振り回しているが宙を斬るばかりであった。刀の切先が当たって傷ついた犬はさらに猛り狂って嚙み続け、彼らは血まみれになった。

夢幻は幼な子を背負った作太郎の妻を背負い、

「助力を頼む。ついてきてくれ」

村人たちを率いて石神井城跡が見える石神井川と三宝寺池へと向かった。後ろからは代官と役人たちが追いかけてくる。犬は十匹ほどなので無傷の役人たちの数の方が絶対的に多い。

石神井川が見えてきた時、不意に馬のいななきが響いた。どこからともなく村で飼われている、小柄ながら胴の太いどっしりと逞しい農耕馬が集まってきていた。

「馬医の先生の声が聞こえた。横へ避けて曲がれと言っている」

夢幻は花恵に伝えると、

「曲がれ、曲がれ」

と後ろの村人たちに割れるような大声で指示した。

この気配を察した敵方が、

「おのれ、そうはさせぬぞ」

いきり立って迫った。

この時、馬たちがいっせいに猛烈な速さで進んで敵方を石神井川へと追い詰めた。

「わあああ」

一人、また一人と敵方は川へ落ちていく。犬たちは嚙みついていた役人たちから離れるとざぶんと音を立てて次々に川に飛び込んだ。ゆうゆうと泳いで向こう岸へと渡っていく。

多くの役人たちが向こう岸に上がろうとするのだができない。あちらへ渡り終えた犬たちがまた、牙を剝きだして吠えたてている。一方、こちらへ戻って岸へ上がろうとする者たちは並んで詰めている馬たちに阻止された。馬たちは静かだったが時折、脚を持ち上げる。その仕草は近づいたら蹴り倒すという威嚇そのものに見えた。

こうして代官所の役人のほとんどが溺死した。馬の並ぶこちら岸に辿り着いた者は一撃で蹴り倒され、川に逆戻りとなって溺れ死んでいく。代官一人が犬のいる向こう岸に辿り着いて犬笛を吹いた。そのとたん、一番大きな犬にさっと駆け寄られ、がぶりと首を噛み切られて息絶えた。

一日にして代官や役人たちが石神井川で溺死したこの件は、不注意な水練の稽古による不始末と見做され、村人たちへのお咎めはなかった。

作太郎の亡骸《なきがら》が戻ってくると村人たちは密かに石を積んで慰霊碑に代え、千太郎は無事お解き放ちとなった。

練馬から戻ってきてほどなく、すっかり元気になった彦平がひまわりの活け花を届けてきた。籐《とう》の籠から多数のひまわりが溢れ出るかのように活けられている。その様子は光り耀《かがや》く神のようにも見えた。夢幻からは一言、〝お礼です〟と文が添えられていた。

――〝お礼です〟だけかあ――

この時、お貞とお美乃が居合わせていた。

「なになに？」

お美乃は文を見逃さず、

「でも、どうして代官所の犬たちは犬笛で操られなかったのかしら。夢幻先生、何か仕掛けてたの？」

お美乃と一緒に花恵の武勇伝を聞いていたお貞が救いの手を差し伸べてくれた。

「ううん、何もしてないって。先生も不思議がってた。馬医の先生のお話では代官と役人たちは人を襲うことを仕込んではいたけれど、人波の中でどう動いて誰をどう襲うかまでは教えていなかったんで、ああなったんだろうって。たしかにあの時、普段から犬を恐れてる村人はさっとかなり後ろに引いてて、犬の近くにはお役人たちしかいなかったから。それと餌を抜くとか打ち据えるとかして、獰猛な犬に仕立ててたから、犬とはいえ恨みもあったんじゃないかって」

花恵の説明に、

「その犬たち、今はどうしてるの？　気になるわ」

お美乃の興味は文から離れた。

「どういうわけか、馬たちととっても仲良しで、馬の方も怯えて蹴飛ばしたりしないから、それぞれ馬を飼っている家に引き取られたそうよ」

花恵はにこにこと笑って、元通りになりつつある村を思い浮かべた。

第四話　のうぜんかつら禍

1

夢幻と練馬での時を経てからというもの、花恵はしばらく市中での日々に馴染まないものを感じていた。無理にでも自分を叱りつけてのうぜんかつらの苗木売りの引き札の案を考えた。花仙の庭ののうぜんかつらは今、銀杏に巻き付いて濃橙赤色の深めの漏斗のような花をつけている。こののうぜんかつらは銀杏の樹ごと染井から移したものであった。

のうぜんかつらの花は古くは〝目輝き〟から転じて〝まかやき〟と称され、降り注ぐ陽の光を浴びて、眩しいほどに輝くこの花に目を奪われた古代人の想いが伝わってくる。
——初秋の涼やかな風は心地よいけれど、夏が去ってしまった寂しさは残る。それもあって夏から初秋まで咲き続けるこの華やかな花が好まれるのね。のうぜんかつらは涼風がかすかに秋の色を運んでくる今頃、紅色に燃えるように輝いてくれているもの——
花恵はのうぜんかつらの苗木売りに際して、次のように引き札を記してみた。

のうぜんかつらの苗木、お売りいたします。この花が渡ってきたのはとても古く、茶花としても人気です。苗木をおもとめいただけば、育ちが早いので、来夏以降、青空に立ち上るように咲くその華麗な姿をご覧いただけます。のうぜんかつらは凌霄花と書きます。凌霄花の霄は空の意。冬は葉を落としますが、夏から初秋にかけて、支えになる樹と同じだけ丈を伸ばし、天をも凌ぐ勢いで高く咲き誇ります。ただしご用意はごく僅か。是非、この機会をお見逃しなく。

——そうは言っても苗木売りは神無月（十月）で引き札もその頃出すのだけれど

──

花恵は筆を置いて書き上げた引き札を引き出しにしまうと、

──そうだ──

思いついてのうぜんかつらを手折って釣瓶に活けてみた。のうぜんかつらには高い所が似合う。つる性なので釣瓶から垂れ下がるようにしか活けられないが、その様子が気に入った。何より、切り花にすると一日しか保《も》たないがこうしておけば、優雅に風にゆれる姿が長く楽しめる。しばらく見惚れていると、

「花恵ちゃん、いる？」

お貞がやって来た。

「はいっ、これ、お見舞い。っていうか、無事でよかったねのお祝い」

お貞が持参した重箱を開けた。

網の目のような筋がつけられた丸い漉し餡の周囲を黄色いこし出し煉り切りが包んでいる。煉り切りをきんとんぶるいと言われる、網の目で漉すとぱらぱらしっとりのこし出し煉り切りになる。

花恵はしげしげと見つめて、やっと、

「これ、もしかしてひまわり？」

漉し餡の筋で気がついた。ぱっと見ではわからなかったのである。

「うち、きんとんぶるいがないから笊でこし出したのよ。苦労の割に見えないかな、ひまわりに」

お貞は少々気落ちした顔になった。

「そんなことないわよ。可愛いひまわり」

花恵は重箱に手を伸ばした。

「あたしまだ心配なのよ。花恵ちゃんの首を絞めた下手人のことはわかってないから」

やや声を低めた。

「お貞さん同様、わたしも誰かに見られてる気はしてたから、今回のひまわりの種絡みだったんじゃないかと——」

そう告げた花恵だったが、

——首を絞められた時、香った蘭奢待はいったい何だったの？　あんな珍しい物、滅多にあるもんじゃなし——

一瞬夢幻の練馬での勇姿が頭をよぎった。

「お美乃さんのことなんだけどね——」

お貞が話を変えてくれた時、

「こんにちはー」

当のお美乃がひょいと入ってきた。

「言っとくけど今日は呼んでないわよ」

お貞がけろっと笑った。

「虫の知らせよ」

お美乃は涼しい顔で言った。

「っていうのは嘘。ちょっとね、ちょっと」

人待ち顔をしている。

するとほどなく、晃吉が姿を見せた。

「親方がどうせ花恵さんとこののうぜんかつらの苗作り、手伝うんだろうから、今のうちにつるの様子見てこいって」

神妙な顔で言った。

のうぜんかつらは元気に伸びたつるを挿し木して苗にする。

——それなら別に今日でなくてもいいのに——

花恵は不思議に思いつつ、二人にも麦湯を注いだ湯呑を手渡した。

「どうぞ、これも」

お貞がひまわりの生菓子を勧める。

「なにこれ？　壊れて腐りかけた卵の黄身？」

お美乃が仰天した。

「そうじゃなくてね——」

花恵が言いかけると、

「卵の黄身がひよこになるとこと見せて実はひまわりの花。命が生まれるってひまわりの花みたいな輝きですもん。ひまわりの種と練馬の話は聞いてるだけで胸にどんと来ましたからね、俺たちも。そうっすよね、お貞さん？」

晃吉が先を続けてくれた。

「ええ、まあね」

お美乃に向けて怒りかけたお貞の目が和んだ。

——よかった——

花恵はひとまず胸を撫でおろした。

「それとね——」

周囲の複雑なはからいの気配などどこ吹く風のお美乃は巾着袋を開いた。

2

「ほら、これ、前に通りでばったり会った時、言ってたお薬——」

お美乃は薬袋を晃吉に差し出した。

「いいんすか？」

躊躇っている相手の掌に、

「だってそのためにわたしがここへ呼んだんじゃない？」

お美乃は握らせた。

——あら、知らなかったわ——

花恵はお貞の方を見た。

——あたしだってよ——

二人は顔を見合わせた。

「晃吉さん、通りでへなへなして歩いてたのよね。どうしたのって訊いたら、気持ちを張り過ぎたりするとお腹の具合が悪くなるんですって。ほおずきの次は秋の鉢物の用意でてんやわんやなんだって話してくれて、そういう時によく効く薬をお兄様に貰ってあげるって約束してたのよ」

事細かに話すお美乃とは対照的に、

「じゃ、有難くいただきやす」

晃吉は言葉少なく懐にしまうと、

「それじゃ、これで」

花仙を出て行こうとして、

「お嬢さん、のうぜんかつらのつるを見定めるのはまた、この次で。すいません」

やっと思い出したように花恵に詫びて帰って行った。

「のうぜんかつらねえ」

お美乃は花盛りののうぜんかつらの前に立った。

「苗を売るんですって？」

「ええ。人気で何とか育てたいっていうお客さん、結構いるのよ」

「わたしはこの花嫌い」

お美乃ははっきりと言い切って続けた。

「花の色が橙だか、赤だかよくわかんないでしょ。強いていうなら火事の火の色。遠くからでも巻き付く樹の高さまで、うわーっと沢山の花が咲き上ってるのが怖いっ。昼間なのにくっきりはっきり火事が夜みたいに見えてる感じだもの――」

――なるほど、そういう感じ方もあるのね――

思わず、花恵はお貞がのうぜんかつらを何と評するのだろうかと気になった。

「あたしはね」

お貞は少し間を置いて、

「この花は好きじゃない。でもそれはお美乃さんとは違う理由。樹がないと上るようには咲けない花でしょ、のうぜんかつら。それが何かね――」

首を傾げた。

「樹が可哀想だというなら反対よ。葉は冬には落ちるから、それが樹の根元で朽ちて土に混じっていい養分になってるんだから」

花恵はのうぜんかつらのために弁明した。もっとも、のうぜんかつらに限らず、花恵に嫌いな花や草木など一つもないのではあったが。

「それはそうなのかもしれないけど、あたしはのうぜんかつらが樹の幹をぎっちり締め付けているみたいで堪らないのよ」

お貞は吐き出すように言い、

「それ、わかる、わかるわ」

珍しく二人は花恵から目を背けて同調した。

花恵はのうぜんかつらの空へと咲き上っている姿が自分に向かって迫ってくるように感じられた。漏斗型の花が鬼気を孕みつつ、猛然と火を噴いて押し寄せてくるようにも――。知らずと花恵は目を閉じていた。

「花恵ちゃん、どうしたの？　大丈夫？」

お貞が案じてくれた。

「大丈夫。いやあねえ、せっかくいい夢見てたとこなのに」

花恵は目を開けて微笑んだ。

「あっ、そうか、そうか、やっぱり」

お貞の相づちに、

「やっぱりって何？」

すかさずお美乃が加わった。

「いいの、いいの、いい夢に入るのは野暮ってもんよ。練馬の悪党たちみたいに馬に蹴られて死んじまえってね、はははは」

お貞は、わざと大口を開いて笑った。

それから何日かして、夢幻から集まりを促す文が届いた。練馬のことがあって以来、しばらく会っていなかったので、花恵は懐かしかった。


強い陽ざしを縫って風が涼やかに渡り、あと何日もなくして長月に入ろうとしています。いよいよ茶事と活け花を重ねた待望の催しの準備の追い込みとなりました。

ついては箱根よりこの催しに供する茶菓の試食の会が明後日となりましたので、皆様どうかお運びください。

夢幻

この文が届いた翌日、晃吉が花仙にやって来た。

――また、お美乃さんと待ち合わせなの？――

花恵がからかう気持ちでいると、

「何か特別な会があるって、夢幻先生から聞いてませんか？」

晃吉はやや疲れた表情で告げた。

「聞いているのは明日の茶菓の試食会よ」

「そうですかぁ」

晃吉はため息をついた。

「何か困ったことでもあったの？」

「親方からお嬢さんが気を揉むから黙ってろって言われてたんすけど――」

「何よ」

そんな風に言われて気にならないはずはなかった。

「実は夢幻先生から百合の花の注文があったんすよ。とにかく多品種で親方んとこなら集められるだろうってことで、丁寧な文までいただきやした。親方は花恵が世話になってるからって、大張り切りで集めようとしたんですが、ご存じの通り、今時分の百合は集めるのが苦労でして――」

「たしかにそうね」

たいていの百合は百合根と言われている球根部分が食用になるので、葉月（八月）に入るとたとえ野生のものでも刈り取られてしまっていることが多い。

「それでも、一番沢山注文された山百合までは何とかなったんすけどね。後のがどうも――」

晃吉は手にしている紙に目を落としてふうとため息をついた。花恵は紙に書かれている夢幻の文字を読んだ。

山百合五十輪、笹百合十輪、乙女百合十輪、姫百合十輪、黒百合十輪、芒《すすき》適量、ナナカマド適量
「あ、添えて活ける芒とナナカマドも大丈夫、手配できます。どうにもなんないのは山百合以外の百合なんすけど、たしか、お嬢さんがお好きで白くない百合を売ら

ずに大切に育ててたことを思い出して――」

笹百合は薄桃色、乙女百合は濃桃色、姫百合は朱と黄色、黒百合は濃紫色で山野の花とされていて、花の時季に摘み取らない限り、育てて売られることはない。

――まあ、晃吉の言う通りだけどね――

我ながらまさに趣味だと思いつつ、

「笹百合、乙女百合、姫百合、黒百合、皆今時に咲くように遅く球根を土に戻して咲かせてる。いいわよ、持ってって、ちょうど十本ずつ咲いてるから」

花恵は裏手へと廻って自慢の百合を晃吉に見せてから、

「咲きすぎていなくてよかったわ」

手早く切り花にして渡した。

「同じ百合と言っても違いますねえ。でも、どれも綺麗っすね」

晃吉が背負ってきた籠にはすでに山百合が重ねられている。その上にそっと四種の百合を十本ずつ重ねた。山百合は花径七寸（約二十一センチ）から八寸五分（約二十六センチ）と大ぶりだが、一番小さな姫百合は六分強（約二センチ）ほどの星形である。

「ちなみに笹百合はお嬢さん、乙女百合はお美乃さんってとこですかね。お貞さんはここにない鬼百合ってとこか、それでも褒めすぎかな？」

百合に花恵たちを当て嵌めた晃吉は花恵の睨みにはっと気づいて、

「い、いけねえ」

慌てて両手で口を覆った。

「まあ、今のは聞かなかったことにしてあげるから、これから言うことをよーく聞いて」

「はっ」

晃吉は姿勢を正した。

「おまえがここに立ち寄ったこと、おとっつぁんは知らないんでしょ。だったら、その嘘をつきとおして。まずはこの百合を夢幻先生に渡す時、何も余計なことは言わない、いいわね」

「わかってます」

「もちろん、おとっつぁんにも何も言わない。くれぐれも忘れたり、いい加減にしないで」

よくよく言い聞かせて花恵は晃吉を夢幻の屋敷へと向かわせた。

3

当日、花恵はお貞と一緒に夢幻の屋敷を訪れた。門の前になぜか晃吉が立っている。

「親方の代理です。夢幻先生がお礼代わりに是非ともっておっしゃって、親方に伝えたらそんならおまえ、行って来いって。照れ屋だから、親方は」

案内されたいつもの座敷の中ほどに百合が大きく活けられている。夢幻が着流している渋めの茶褐色の無地の着物の裾には鶴の模様がある。

活け花は色合せが絶妙であった。百輪近い百合に芭やナナカマドの添え草がたっぷりとあしらわれて左右に広げる活け方で、ぱっと際立っているのは花弁の白い大きな山百合だった。しかし、よく観察すると薄桃色の笹百合と濃桃色の乙女百合が白一色の退屈さを救っている。さらに姫百合の黄色い星形と黒百合独特の濃紫色が膨満になりがちな全体を小気味よく引き締めていた。

「夏の百合ではなく今頃の百合ですね。芒が要のように思います。こんな素敵な百合の活け花、わたし見たことがありません。百合って一輪でも花材になるけれど、主張が強すぎて活けるのがとてもむずかしいと常から思っていただけに感激です」

お美乃が感極まっていた。

——的を射た感想だわ、さすがお美乃さん——

同じことを思っていた花恵は感心した。

「なるほど。実は一人の女の門出を祝うつもりで活けたのです。集大成の大輪の山百合は空にも海にもどんな青さにも染まらずに飛び続けてきた白鳥を想い描きました。色があって可愛らしい他のさまざまな百合には、女の労多き来し方への癒しを託しています。この活け花がさらなる幸へとつながってほしい」

いつになく夢幻はしんみりとした口調で言った。

すでに炉では茶釜の湯の音が茶事の始まりを告げている。神無月（十月）の炉開きに拘ることなく気儘《きまま》に炉を使うのが夢幻の流儀であった。

控えていた箱根屋の幸彦によって試食の茶菓が振る舞われた。

「姉が皆様のために作りました茶菓には時季のうつろいへの深い感慨がこめられて

おります」

茶菓を勧める幸彦の声も、またもとよりその姿も凜々しく絵になっている。お美乃の目は一心に幸彦に注がれていた。

晃吉がちらちらとお美乃を見ている。幸彦は先を続けた。

「茶菓は二種ご用意しました。〝涼風〟と〝桐一葉〟でございます。そよと吹く風と落葉のあはれの風情を召し上がっておいただければと思っております。まだまだ陽ざしは強く暑い日々ですが、残暑に吹く涼風は暑中のものとは異なります。古今集に収められた、三十六歌仙の一人、藤原敏行の〝秋来ぬと目にはさやかに見えねども　風の音にぞ　おどろかれぬる〟をご存じでしょう。これは秋が来たと、目にははっきりとは見えないけれど、爽やかな風の音で、秋の訪れにははっと気付かされたという歌です。姉はこの感覚と感情を菓子にしたと申しておりました。どうか召し上がってみてください」

促された花恵たちは菓子楊枝を手にした。〝涼風〟は白く丸い饅頭型の上に透明な四角い錦玉羹が包むように載っていて、その真ん中には緑と水色の羊羹が細かな賽《さい》の目《め》に切られて散らされている。

「綺麗ねえ」

お貞がため息をついた。

――何とまああさりげなく凝ってて垢ぬけてるのかしら。そして一見、ういろうがお饅頭に見えるのが大胆。大胆にして繊細、繊細にして大胆？　あ、これ夢幻先生の活け花みたい――

「涼風が聞こえて見えるようです」

花恵も感嘆した。

「透明な錦玉羹を波形の包丁を用いて切り、白いういろうに載せるように巻いてあります。上の緑と水色の羊羹と相俟って、風の流れと風がもたらす音を表したとのことでした」

幸彦は〝涼風〟の技法に触れた。錦玉羹は、寒天と水を煮溶かし、砂糖を加えて作った目にも涼やかな夏の菓子の一つ、またはその技のことであり、さまざまに応用される。

「雅やかで結構なお味です」

皆と一緒に菓子楊枝を使っていたお美乃は言葉少なく幸彦に向けて微笑んだ。

「饅頭のはずがういろうだったとはたいした騙しで――いや、変化花、ああ、大変結構です」

晃吉は本音とまぜこぜになりかけて何とか取り繕った。

次は〝桐一葉〟である。幸彦の説明が再開した。

「桐の葉は半分だけ黄色に色づいて落ちます。これは夏の終わりと秋の訪れの最初の兆しと言えましょう。それを賤ヶ《しずが》岳《たけ》の七本槍の一人で片桐且元《かたぎりかつもと》という武将は〝桐一葉落ちて天下の秋を知る〟という句に詠みました。続けて召し上がってくださいますよう」

〝桐一葉〟は桐の葉の緑と黄色い葉を表した緑と黄色、二色の煉り切りの茶巾絞りになっていた。

「これも綺麗。この世のお菓子とはとても思えない。あたしのひまわり菓子なんて言われたように腐った卵の黄身かも――」

お貞はやや圧倒され、自虐気味に呟いた。

「この〝桐一葉〟は茶巾に絞ったままだとやや太めに尖っている先端を、斜めに切り落として、忠実に落ちた葉を表そうと腐心しました」

幸彦は言い添えた。

「片桐且元は一時天下人だった豊臣秀吉の家臣で、後に権現様（徳川家康）方に寝返って、今はお大名。たしか、豊臣の家紋は五七の桐。ということは且元の〝桐一葉落ちて天下の秋を知る〟はきっと初秋の風情を詠んだわけではありません。片桐家が生き延びるためにはかつての主家を裏切るしかないという苦渋の選択の句ではないでしょうか？」

知らずと花恵は思ったことを口に出していた。すぐに、

――あら、いやだ、わたしとしたことが。この場にはふさわしくない話をしてしまった――

後悔していると、

「五七の桐って花札の桐でしょ。ってえと〝桐一葉〟は名将とも花札とも関わりがあるってことなんですね。これはいい、うれしいなあ。ますます、この〝桐一葉〟が味わい深く感じられてきました」

晃吉は嬉々として戯《おど》けてみせてくれた。

お美乃は晃吉に向けて眦を決して睨み据えつつ、

「これほどの風情の味わい、他に類を見ないことと思います」

端然とやはりまた幸彦に微笑んだ。

試食の会はお開きとなり、

「また、ご一緒できますね」

お美乃は幸彦の後をそわそわと追いかけた。晃吉は夢幻に短い挨拶を済ませると、

「それじゃ、俺、親方が待ってるんで」

そそくさと染井へ帰って行った。


帰り道、花恵はお貞と二人になった。

「今日の夢幻先生、いつもと違ってなかった？」

お貞も気づいていた。

「そうかしら？」

夢幻のことになると花恵は惚《とぼ》けるのが習い性になっている。

「うれしそうで一段と華やいでいらした。練馬で無茶な死闘を潜り抜けた男とはとても思えなかったわ」

お貞は的確に言い当てていた。

「そうなのかしらね」

曖昧に同調しながら花恵の胸はずきんと痛んだ。

――華やいでいたのは〝涼風〟と〝桐一葉〟、箱根のお福さんの作ったお菓子を食べたからだわ。あの大きな百合の活け花もお福さんを想ってのことだったのかも――。それなのにわたしったらいろんな百合まで差し出して馬鹿みたい――

努めて平静を保とうとした。

「あたしね、あんなに幸せそうで穏やかな様子の夢幻先生を見たの初めて。なんだかあたしまでうれしくなった。花恵ちゃんもそうよね」

お貞の言葉に、

「もちろんよと言いたいところだけど、どうしてお貞さんがそんな風に思えるのか、わからない」

花恵は訊かずにはいられなかった。お貞は花恵の不安そうな表情を見て、途中の茶店の前で立ち止まった。

4

　二人は茶店の赤い毛氈が敷かれた縁台に腰を下ろした。

「あたし、これ大好き。高尚な茶菓は素晴らしいけど食べた気がしない」

　お貞はたっぷりの漉し餡に包まれた団子を頼んだが花恵は、

「わたしはお茶だけでいいわ」

　漉し餡団子は嫌いではないはずなのに胸も胃の腑の辺りも重かった。花恵の沈んだ顔を見て、お貞は優しく語りかけた。

「花恵ちゃんは、夢幻先生が静原家に引き取られてからのことは知らない？」

「聞いたことがないわ。おっかさんを亡くして、五歳までは母方のおじいさん、おばあさんに育てられ、二人が立て続けに流行風邪で亡くなった十歳の時、実のおとっつぁんのいる静原家に引き取られたんでしょ？　母方の出自は伊賀の忍術使いだけれどとっくに抜け忍になってて。おじいさんは火消しだったとか。だから、先生も火消しになろうとしていたって。火消しって火が燃え移りそうな家を先回りして壊すのが主な仕事でしょ。そのために家屋について知り尽くす必要があって、普段は鳶口《とびぐち》や掛矢を駆使する鳶職も兼ねていたとか。先生があんなにやすやすと重い物や人を背負って、俊敏に動いて闘うことができるのはご先祖様が忍者だったことと鳶職修業のせいなのかしらね」

花恵は知り得ている夢幻の生い立ちについてすらすらと告げた。

「静原流の家元の奥様には子どもがいなかったんで、庶子でも先生は血縁者ということで引き取られて華道家としての修業をすることになったのね。今まで鳶職修業をして火消しになると決めていた先生にはこれが辛い。身体を張る連中と親しく交わってきただけに、堅苦しい行儀作法とは無縁のやんちゃ坊主だった。そうなりゃ、もう、内弟子とか家元の奥様に躾という名のもとに虐められてると感じるわよね。内弟子たちには妬みが、奥様には家元の愛を奪った憎い相手の子だっていう、抑えきれない恨みがあるもの。辛くて死にたくなるほどの時は元火消しの彦平さんに会いに行ってその温かい胸で泣いてたそうよ」

お貞は漉し餡団子を頬張りながら語った。

――それであんなに先生と彦平さんの絆は深いのね――

お貞は先を続けた。

「さらに家元の奥様が難産の末、女の子を産んだのよ。女の子だから家を継げないけど、静原流を極めた優秀な弟子を婿にとって家元にできる。当然、後継者争いが起きかけた。十五歳になっていた先生はその熾烈さに複雑な感情を抱きつつ、関わる相手たちの欲得絡みの醜さにも嫌気がさして家を出てしまったの。まあ、世に言う道楽息子が捌《は》け口をもとめての放蕩三昧ってわけよ」

「その先生がどうやって今の静原夢幻になったの？」

花恵には全く想像がつかなかった。

「ある日、先生はお金の無心で静原のお屋敷へ行ったんだそう。誰もいない。もっけの幸いと手文庫を漁っていると家元の奥様、つまり継母の日記が出てきたの。そこには継母が親戚筋から〝石女《うまずめ》〟と罵られながらも耐え続けていたこと、なさぬ仲の夢幻を我が子と思い、懸命に育てていたこと、活け花のこと以外には無関心でおとっつぁんとしての役目を果たしていなかった家元のことが綴られていた」

お貞の花恵を見る視線がより強まった。

「〝自身の恨みの気持ちと闘いつつ、次期家元にはこの子しかいないのだと懸命に厳しく育て上げたことを神様は見ておられたのだ。だから褒美に娘を授けてくださった〟と。ここを読んだ時、先生は涙を流されたんですって。先生には思い当たることがあったのよ。家元は金銭に無頓着で静原流の掛かりは全て継母の実家《さと》が負っていた。その上、家元は父親らしい気持ちがなく、夢幻先生だけではなく女の子の方にも向けられていなかったとか。それゆえ、家元は先生のおっかさんといい仲になっても奥様に離縁を望まなかったのね、静原流のため自分のために――」

「お大尽家にありがちな当主の身勝手な話なのかも――」

「その時先生は大人になったんじゃないかって、この話をしてくれた彦平さんが言ってた。家に戻って猛烈に華道に精進し始めたんですって。もちろん静原流内では先生の右に出る者は一人もいなかった。他の流派や家元さえ先生の活け花には一目置いた。時は流れて妹が十四歳、そろそろ婿取りの話が始まったけれど、静原流の繁栄のためには今や、押しも押されもせぬ先生を跡継ぎにという人たちの方が多かった。またしてもどろどろの人間模様や駆け引き合戦。夢幻先生は三十歳、突然、〝屋敷を出て市井の活け花の師匠として暮らしたい〟と宣言すると、家元はというと、〝あ、そうか〟の一言だけ。継母は黙ってあの大伝馬町の屋敷を買い与えてくれたんだとか。先生になついていた妹は泣いたそうよ」

「先生は、お母さまや妹さんのことできっと複雑な想いがあるってことね」

「つくづく思うんだけど、女そのものもいつも心と体が影響しあってて、複雑怪奇な代物なんじゃないの？」

お貞がそれを言うと妙に説得力があった。

――継母が先生の裡の女の原風景なのかも。嫉妬と恨み、意地、母性。そこに人としてとるべき姿勢や静原流を守りきる覚悟はあっても、わが娘に対するような優しさは先生には決して向かない――

「亡くなったほんとのおっかさんへの想いが強いんじゃないかしら？　今、ここに自分を産んだおっかさんがいてくれたらとか、ほんとのおっかさんならああもこうも言ってくれた、してくれたはずだっていう――」

花恵の思ったままの言葉に、

「だけどそれ、よくある男の子の甘えでしょ。青木の旦那はそうだってはっきりしてるけど先生のはたとえ、そういう感情があったとしても、そんなにわかりやすくないと思う。もっとはっきりしてるのは妹愛の方」

お貞は確信ありげに言い切った。

「妹さんに後継を託したから？」

「とっても可愛がってたって彦平さんも言ってた。だからあれは家元の奥様への義理立てなんかじゃなく、ほんとに妹の幸せを願ってのことだろうって。この妹さんの活け花もなかなかのものだし、婿として釣り合う力のあるお弟子さんもいたそうよ」

「妹さんみたいに愛情を注げる女を自然と求めてしまうのかしら」

花恵は少なからず動揺していた。

「彦平さんが言うには先生は一時放蕩してたっていわれてるけど、困ってる市井の娘たちと話をしたり、できる事をしてあげてただけなんですって。貧しい農家から口べらしに女衒《ぜげん》に買われて吉原の大門を潜ったものの、華やかでまぶしいお女郎さんの世界の渡り方に困惑して逃げ出したいと思い詰めてる娘や、親の商いが傾いてきて仕方なく水茶屋に勤めてた子とか——。まあ、どの娘もとびきりの別嬪さんだったけど、どう生きたらいいかわからない儚《はかな》い花のようだったとは彦平さんは言ってたけどね」

――花のようかあ――

花恵は憂鬱になった。

――わたしは名前だけは花だけど――

「うんと若くて可愛い、頼りない美人の娘が好みなのね」

「その時から随分時が経ってるんだもの、彦平さんもあたしも知らない先生がいてもおかしくないと思う」

お貞は思わせぶりな言い方をしたが、ますます花恵は意気消沈した。

何日かが過ぎて、花恵はある商家に頼まれてのうぜんかつらの切り花を届けた。本当は打ちひしがれた気持ちのままずっと寝ていたかったが、秋半ばに売るのうぜんかつらの苗をすでに予約してくれていることでもあり、仕方なく起きて身仕舞いし得意先へと向かった。

のうぜんかつらの花弁は薄く萎れやすいし、たやすく破れもするので常に湿らせておく必要がある。花恵は細心の注意を払ってこのやや厄介な切り花を無事届けることに集中した。気づくと、心が清々しく晴れていた。届け終えての帰り道、

——仕事っていいものね——

ほっと安堵のため息をつくと向こうから大八車を曳いてくる彦平の姿が見えた。思えば得意先と夢幻の屋敷は近かった。

——彦平さんが大八車を曳いてるなんて？——

いったい何を運んでいるのだろうかと花恵は気になった。

「彦平さあーん」

花恵は大声を上げた。

気がついた彦平が大八車を曳く速さを上げ、

「これはこれは花恵様でしたか。こんなところでお会いするとは——」

大八車が止まった。

5

「これはいったい——」

大八車の中を覗き込んだ花恵は思わず声を上げた。晃吉が届けた、たくさんの百合を活けた花器がそこにはあった。

「いくら火消しだった彦平さんでもこれを市中の外へ届けるのは無理というものよ」

「これは誰にも言うなと先生に口止めされているんですが」

と前置いて、

「運ぶ先は花慈寺なんですよ」

花慈寺なら浅草は新堀川沿いにあるのでここからそうは遠くない。

「どなたか親しい方が亡くなられたの？」

供養の花にしては大きすぎると花恵は思った。

「実は花慈寺は先生のお弟子さんだった前の住職に頼まれて廃寺にせず、開けている寺なのです」

「まさか、先生や彦平さんが花慈寺のご住職を交代でやってるなんてことはないでしょうね」

半ば大真面目に訊いた。

「花慈寺の住職は多忙の上、重いお役目が日々あります。銭が足りずに旅籠に泊まれない旅の人たちを泊めたり、親身に介抱してもむなしく亡くなった行き倒れを、無縁墓に入れるには忍びないという人たちの頼みを受け入れ、運ばれてくる骸《むくろ》を葬らなければなりません。先生のお弟子の若い僧侶で、花の道と仏の道の両方に精進したいという方が今のご住職です。わたしや旦那様ではありません」

彦平の方も生真面目に答えた。

「ということは近々、どなたかが花慈寺で葬儀を執り行うということなのね？」

彦平の表情に相手を強く悼むかのような悲しみがよぎった。

「ええ、実は――もしかしたら、花恵様もうご存じかもしれません。瓦版屋がえらく派手に触れ回っておりますから。吉原の見立番付の横綱に君臨してきた玉貫屋《たまぬきや》の花魁《おいらん》ひめゆりが源氏名ではなく、親がつけてくれた名の百合に戻る前に亡くなってしまったんです」

「ああ、落籍《ひか》される日の前日、どこぞの店の手代さんと相対死《あいたいじ》に（心中）したっていう話だったかしら？　あ、思い出したわ、手代さんは蠟燭屋に奉公していて、郷《く》里《に》の幼馴染みだったとか、名前は長吉《ちょうきち》さんじゃなかったかしら――」

何とも切ない道行きではあったが市中でのこの手の男女の相対死にはありがちな

ことではあった。ただひめゆりが有名な妓楼の稼ぎ頭として名を馳せていただけに、地獄耳の瓦版屋を通して花恵までも知ってしまう成り行きなのであった。

「ひめゆりさんとその百合三昧の活け花とどう関わりがあるというの？」

何よりそれが訊きたかった。

「旦那様は花慈寺でひめゆりさんの弔い一切をなさるおつもりです。いくら吉原きっての花魁といえど、まだ落籍されたわけではないので身分は妓楼の遊女です。大店のご主人の家の菩提寺になぞ入れるはずもありません。となると骸は吉原近くの投げ込み寺行きとなります。先生はそれがあまりに哀れだとおっしゃって、それで――。ああ、それから奉公先に婿入りが決まっていた長吉さんの骸もまだ、娘さんとは祝言前でしたので花慈寺で引き取りました。ひめゆりさん同様、身寄りがないので引き取り手がありません。それぞれ夫婦になるはずだったお相手たちの想いもありますので、別々には葬りますが隣り合わせにはしてさしあげるつもりです」

彦平自身も声を掠れさせている。

――わかった。あの豪華な百合の活け花は近く遊女の絶頂の花魁道中の後、落籍されて大店に入るひめゆりさんへの贈り物だったのだわ――

「そのひめゆりさんと夢幻先生、もしかして荒れた暮らしの頃の知り合いじゃないのかしら？」

「はて、お貞さんに聞かれましたかな」

彦平は苦笑した。

「ええ」

花恵は彦平をまっすぐ見据えた。

「あなた様と旦那様、このわたしはあの練馬では命懸けで闘った仲です。強い絆を感じているのはわたしだけではありますまい。そしてここでこうしてお会いしてしまったのも何かの縁です。旦那様のことであなた様に是非とも相談に乗っていただけないものかと、ひめゆりさんにあのようなことがあってからというもの、その想いがずっと心を占めていたのです。わたし一人ではとても旦那様をお助けできません。でもあなた様が加わっていただければまた、あの時のように――。ただしこれは覚悟をなさっていただかねばなりません」

彦平は強い目を花恵に向けた。

「わたしにお手伝いできることとならいたします」

花恵ははっきりと答えた。

「ひめゆりさんが亡くなってからというもの、旦那様は常になく、いや、元々秘めた翳りのある方ですからそれが表に出てすっかり塞ぎ込んでおられます。このところ、お稽古も休むほどです」

「それはよほどですね」

夢幻が出稽古も含めて弟子達に稽古をつけるのを休んだことなぞ、花恵の知る限りでは一度もなかった。

――よほどひめゆりさんの死が堪えたのだわ――

「旦那様は陰になり日向になりしてひめゆりさんを見守ってきました。年季が明けて借金を返し終えるまで我が身を男たちに売るなんて耐えられない、いっそ死んでしまおうと思い詰め、川に身を投げようとしていたひめゆりさんを助けたのが始りでした。旦那様はその時〝おまえが死んでも借金はそのまま残る。代わりに郷里の妹が連れて来られるのがおちだ。それでいいのか？　年嵩のおまえは下の者たちを飢えさせないためにここに来たのだろう。だったらここの決まり通りに働け。幸いおまえには天性の美貌がある。身を売るのを躊躇う女の誇りも持ち合わせている。

吉原一の遊女になるのだという心意気を持って働くのだ。そうやって胸を張って前を向いて生きて行けば必ずよい事がある。ここではない別の幸せを見つけられる。人生とはそういうものだ〟とおっしゃったそうです。これは後にわたしがひめゆりさんから直《じか》に聞きました。あの女は旦那様のその時の言葉を一言違わずに覚えているのだと言っていました。美しくて賢くてお大名のお姫様だって敵わない気高いお方で――」

彦平の目が潤んだ。

――ここにもわたしには到底敵わない相手がいたのね――

花恵はまたもや落ち込みかけた自分を叱りつけた。

彦平は声を詰まらせながら先を続けた。

「旦那様はろくろくお寝《やす》みになっておられません。大変なお窶《やつ》れようです。昨夜、わたしに明日この大きな百合の活け花を花慈寺へ運ぶようにと命じられたあと、おっしゃいました。〝ひめゆりと長吉は心中ではあり得ない。なぜならわたくしが駆けつけた時、ひめゆりの骸からは蘭奢待が匂っていた。ひめゆりを落籍すと決まっていた大店の主はわたくしが仲を取り持った。二人に夫婦《めおと》になってほしくない親戚筋はいるはずだ。蠟燭屋でも長吉を婿にしたくない事情があるやもしれぬ。わたくしはひめゆりと長吉の死は殺しだと見ている。心あらばわたくしと共にこれを調べて、ひめゆりたちの真の供養を果たすのを手伝ってはくれないか？〟と」

「そういうことは定町廻りの青木様のお役目ではないのですか？」

　花恵は青木の名を口にした。

「青木様とは話がついているそうです」

　彦平はきっぱりと言い切った。

「それではわたしは何をすればいいんです？」

「ひめゆりさんを落籍すはずだった方は旦那様の古くからのご友人の一人で、老舗骨董屋の増子屋《ましこや》勘兵衛《かんべえ》様とおっしゃいます。長吉さんが婿になると決まっていた蠟燭屋は庄内屋《しょうないや》紀右衛門《きうえもん》さん、娘さんの名はお紀美《きみ》さん。ひめゆりさんたちの弔いが終わったら、お慰めかたがた旦那様が活け花を持参してこの方々をお訪ねになるとのことでした。真の下手人探しです。弱っている旦那様だけでは心配で、花恵様が付き添われて、見えている目と心眼を開いていてください。いいですね？」

「わかりました」

こうして花恵はまた難事に巻き込まれることになった。

6

ひめゆりと長吉の初七日が明日に迫っていた。ツクツクホーシ、ツクツクホーシ、オーシンツクツク、オーシンツクツク――。

「ツクツクホウシが鳴いていますね」

花仙に青木が訪れていた。

「アブラゼミは鳴かなくなりましたね」

花恵は応えた。

立秋を過ぎるとツクツクホウシの鳴き声が一段と賑やかさを増す。他の蟬たちがそろそろ鳴き止む時期なので特にその声が目立つ。ツクツクホウシの鳴き声はまだ続く暑さを感じさせているものの、暑さを誘うようにジージーと鳴くアブラゼミなどに比べると秋らしく涼しげである。

ツクツクホウシは法師蟬とも呼ばれる。黒くて小さな体には黄緑の斑紋があり、翅《はね》は透明であった。

「隣国では神無月過ぎまで鳴くので寒蟬とも言われているそうです。そうだ、母が教えてくれた小林一茶の句にこんなのがありました。〝今尽きる秋をつくつくほふしかな〟。短い秋と蟬のはかない一生を掛けたものでしょう」

そこで青木は花恵が供した冷やし甘酒を飲み終えた。

「ところで——」

前置きしてから、

「一つ、とても案じていることがあるのです」

花恵を見つめた。

「何でしょうか?」

「実は夢幻先生に昨日呼ばれました」

「花好きな青木様もお母様と一緒に活け花修業ですか?」

夢幻の名が出たとたん、花恵の胸はどきんと鳴ったのだが涼しい顔を装った。

「いえ、わたしのお役目に関わることです。先生はどうしても遊女ひめゆりと手代の長吉の心中は殺しだとおっしゃるのです」

「証はあるのですか？」

「実は骸が大川で上がった時、確かめたいことがあると骸を運び込んである番屋へおいでになりました。二人は手と手を赤い紐で結んで事切れていました。一緒に川に飛び込んだものと思われます。先生は骸を開いて二人の肺を調べて、肺に水が入っていない証を見せたいとおっしゃるのです。先生には母がお世話になっている――というよりもたいした心酔ですので」

「それで？」

「弔いをさせてくれれば、殺しだという証を必ず見つけてくるからと強くおっしゃいました。相対死にを装った殺しなら下手人を捕えなくてはなりません。あんな先生の姿を見たのは初めてで。骸を開いてもらったところ、たしかに肺の臓に水はありませんでした」

「だとしたら溺れ死んだのではありませんね。毒か何かを飲まされたのでしょうか？」

「ええ。先生は二人の鼻の中に煤《すす》があったとおっしゃいました。普通に死んだのではない証です。その上、二人が身を投げたと思われる橋を調べたところ、団子屋の当たりくじを見つけました。当たりくじには長吉と書かれていました。当たりくじの景品は中秋にちなんだうさぎが描かれた銭筒です。先生は長吉が庄内屋のお紀美と所帯を持つ時のために引き換えるつもりだったはずだとおっしゃいました。けれども先生のこのようなそもそも許しのない調べは御法度です。それを言うと先生は〝幸せになろうとしていて命を絶たれたこの二人の恨みはわたくしが晴らす。あなたには最後の〆をお願いしたい〟と真顔でおっしゃいました」

「先生が青木様におっしゃった、最後の〆って下手人に縄を打つってことですよね」

「そうでしょう。夢幻先生は必ず、どんな禍も顧みず、ご自分自身で下手人を見つけ出そうとなさるにちがいありません。千太郎先生の嫌疑を晴らすのに練馬くんだりまで出かけて行って身体を張ったように」

「それが先生の信条なのでしょう」

「そして、彦平さんはまだしもあなたまでまた巻き込まれかねない。わたしはそれを案じています。お貞さんも同じ心配をしていました」

「お貞さんがそんなことを?」

「〝先生は適材適所を心得ていて、何かと悪目立ちする自分では事に当たれないと花恵さんにその役目を振るきらいがある〟と。花恵さんにはもっと自分を大事にしてもらいたいとも言っていました」

「大丈夫ですよ」

花恵は精一杯の笑顔を青木に向けた。

「今のところ、その件について何も聞いていませんから。第一わたしは花仙での花売りの仕事がありますから、その手のおつきあいはできっこないんです」

「しかし、練馬へは行かれた。練馬でなくともこの手の調べとなるとあなたの身に危険が及びかねない」

青木の花恵を見つめる目が潤みかけた。

「あれは行きがかりです。今度の一件もまた夢幻先生のお手伝いはきっとまた命懸けでしょうから、たとえ頼まれてもお断りするつもりです」

花恵は巧みに言い逃れた。

「安心しました。あなたを襲った下手人はわたしが必ず探し出します」

そう告げて青木が帰っていくと、

――疲れた――

花恵は一気に力が抜けた。

「花恵、いるのか？」

茂三郎が訪ねて来なかったら、地べたにへたりこんでいたかもしれなかった。

――相対死にが殺しだったとしたら凶悪で重すぎる――

茂三郎が手にしているのは白い夾竹桃の花の束であった。五弁の一重花を咲かせる夾竹桃は桃色、あるいは白の色合いが多い。

「何でも夢幻先生から頼まれたんだそうじゃないか」

花恵の実家《さと》には何種もの夾竹桃の樹がある。江戸期に入って隣国から長崎を経て渡ってきた花木であった。茂三郎は陽光を好み、炎暑に美しく艶やかに咲くこの花が、逞しく常緑の葉を広げて次々に花を咲かせる様子を、

「まるで夏の盛りにふさわしい生命力だ」

と評して愛でてきた。

「のうぜんかつらも花が華麗な花木には違いないが、つる性というのがなよなよしていてどうにも頼りなげだ。その点、夾竹桃はひたすら縦横に空へと伸びる。気持

ちのよい花木よ。のうぜんかつらがしとやかな女樹なら夾竹桃は荒々しい男樹だ」

などとも言っていた。

「しかし、この花をどうされるつもりなのだろう？」

茂三郎は首を傾げた。

「これだけではとても活け花にはならぬと思うが、夢幻先生ほどのお方ならきっと凡人のわからぬ技を振るわれるのだろう」

「そうでしょうね」

花恵が弱々しい声で頷くと、

「おまえに一つ、言っておきたいことがある。おまえが練馬でどんな目に遭ったかは、あのうっかりおしゃべり者の晃吉から聞いている。おまえは、わしが〝練馬でのようなことはもう二度とするな〟と言うと思うか？」

茂三郎は愛娘《まなむすめ》の顔に目を据えた。

「普通は言うんじゃないかしら？」

「そうか。だがわしは言わんぞ」

「どうして？」

「おまえは自分で気づいてはおるまいが、夢幻先生と出会ってからずっと強くなった。そして、あの嫌な玉の輿に乗り損ねての誹謗中傷のことなぞけろりと忘れているように見える。あのおぞましい染みがすっかり洗い落とされたような――」

「まあ、そうかもしれないわ。練馬でも結構大変だったから」

花恵は曖昧に応えた。お貞やお美乃、晃吉たちにも大雑把にしか伝えていない。

それにあの緊迫感は経験した者でない限りわからない。

――想像もできないほどの難儀だったのに、時になつかしい――

「とにかくおまえの信じるように進めばいい。頑張れよ」

そう言い置いて茂三郎は帰って行った。

思わぬ激励に驚きつつも、花恵は少し疲れが取れたような気がした。

受け取った夾竹桃の花を盥《たらい》につけた花恵が、夢幻のところへこれを届けるのは夕方である。

「たしかにこれだけでどう活けるのかしら？　見当もつかない」

口に出して言ったところで、

「こんにちは」

とお美乃のやや甲高いが透き通った声が聞こえた。

「いらっしゃい」

「今日はわたし一人、お貞さんとも晃吉さんとも約束していない」

──ってことはわたしに何かあるのね──

「気になる花でもありました？　今頃は石榴《ざくろ》の花樹が見頃、夏の日差しに立ち向かうかのような真っ赤で強気の花でしょ。でも甘酸っぱくて美味しい実がなるのはまだ先なんですけどね」

花恵は他愛なく商いの話をした。

7

「あの、実はね、箱根からの茶菓を夢幻先生のところへ届けてくださってる幸彦さんが自分の家に来ないかと誘ってくれてるのよね」

お美乃はやや頬を染めながら言った。

「あら、凄い」

花恵が素直に感嘆すると、

「でも一人で行くのは何だかね」

「どうして？」

――わたしだったら夢幻先生がそう言ってくれたら飛んでくのに――

「まだ二人きりになったりしては――」

お美乃は満更でもなさそうな微笑みを浮かべた。

「花恵さん、一緒に行ってくれないかなと思って。この通り」

お美乃は両手を合わせた。

「仕方がないわねえ」

花恵は苦笑しつつも身支度を始めた。

「ありがとう。恩に着るわ」

お美乃は折しものうぜんかつらが裾模様に描かれた夏物の一張羅を着ていた。

「だけど、嫌よ、わたしより目立ったりしないで」

「そんなことあり得ないでしょ」

花恵は普段着の縞木綿姿で同行することにした。お福さんの弟である幸彦から何かお福さんと夢幻先生のことを聞けるかもしれないと密かに期待していた。

三田一丁目にある幸彦の家は一見したところ庵に見える藁葺き屋根だった。庭には花石榴と定家かずらが際立って見事に咲いている。花石榴は実をつけない観賞用で、白い縁取りのある花弁は滲んだ鮭色の八重咲きに見えた。美麗でたおやかな高位の姫御前を想わせる。

万葉の昔はイワツタと称された定家かずらは白い小花が可憐で、のうぜんかつらにも似て初めは地を這うが、やがて付着根を出して樹や岩に這い上る。初夏と初冬に葉色が変わり紅葉が二度楽しめる。

──珍しいこと。定家かずらは花だけではなく、紅葉した葉、実までもが花材に使われる、何とも趣深い花樹だわ──

名前の由来は平安時代の天才歌人藤原定家の庭に生えたという伝説から来ている。

──庭の花樹からして京風というか、夏だというのに何としっとりと格調が高いのだろう──

門を入ってすぐの苔むした踏み石の先には玄関があった。異国情緒の漂う豪奢な更紗の着流し姿の幸彦が出迎えてくれた。柔らかな木綿地に蘭の花や鳳凰、幾何学模様等が連なり、藍や茜《あかね》、茶等の多彩な色使いの手描きや型染めの柄ゆきはついぞ、呉服屋や古着屋では見かけぬものであった。この姿の幸彦は彫りが深く鼻筋が通っていることもあって、将軍に拝謁するために出島から江戸を訪れる阿蘭陀《オランダ》人を想わせる。

「お似合いですね」

思わずお美乃が口走った。

「初秋を過ぎて猛暑は遠のく今時分はこのようなものも鬱陶しくなく映えるかと思いまして。実はこれはご先祖様から伝えられているものなのです。何でも天竺《てんじく》（インド）から伝わったものであったとか。権現様に江戸に呼び寄せられるまでは京にいて、異国のものを長崎から取り寄せることができたのだと聞いています」

「もちろん、ご先祖代々、名だたる京菓子屋さんなのでしょう？」

お美乃はうっとりとした目で幸彦を見ている。

「そうです」

頷いた幸彦のお美乃を見る目も熱い。

――こんなことならわたしなんて要らないじゃない。とんだ引き立て役にされたものね――

花恵は心の中で吹き出した。

「どうぞ、こちらへ」

二人は客間に案内された。

床の間には活け花ではなく、のうぜんかつらを描いた掛け軸が掛けられていて扇子も飾られている。

掛け軸の方は不思議な構図でのうぜんかつらは下方に花を咲かせている。のうぜんかつらを地から見上げずに空の上から見下ろせばこのような姿に映るのかもしれない。よく目を凝らすと枝先には雌雄のかまきりが二匹止まって花を噛んでいる。

――かまきりって花なぞ食べたかしら？――

扇子にはのうぜんかつらが動きのある筆致で颯爽と描かれている。

「今日は、変わった御酒を召し上がってみませんか？」

幸彦は花瓶のようにも見える瓶を出してきた。温かな薄めの土色の地が透けて見える。そこで赤一色で描かれたのうぜんかつらの花や葉、蔓までもが躍動している。

「これもご先祖様が遺されたものです。いつしかりんご酒入れになりました」

幸彦が説明する。

「りんご酒？　はじめて聞きました」

お美乃の言葉に、

「カミツレに似た風味は砂糖の甘みと相俟って最高です」

幸彦はりんご酒の入った瓶を取り上げて、二人の盃に満たした。

「こんな美味しいお酒初めて。大奥にだってありゃしなかったわ」

お美乃は注がれるままに盃を飲み干した挙げ句、

「あーあ、ああ」

横になって眠ってしまった。

「御酒をいただきすぎたのね、お美乃さん、しっかりして」

目を覚まさせようとする花恵に、

「悪酔いはしない酒のはずですのでこのまま眠らせてあげましょう」

幸彦は絹の夜着を布団部屋から運んできてお美乃にそっと着せかけた。

「お美乃さんが休んでいる間、茶菓を作る場所へご案内しましょうか？」

幸彦は花恵を誘った。

「それは是非」

応えた花恵ではあったが、この家の中に入ってきた時からずっと違和感を抱いていた。

——お菓子屋さんなら、特有の甘ーい匂いがしてるもんじゃない?——

幸彦は渡り廊下を先へと歩いて行く。途中、しだれ柳に巻き付いて天を目指しているかのようなのうぜんかつらを見た。柳は銀杏ほど幹が太くないので、ここののうぜんかつらは空へ突き上げるようには咲いていない。蔓と花と葉がしだれ柳を被い尽くしている。垂れ下がる柳の枝葉がのうぜんかつらの連なる花の赤さのせいで滴《したた》る血のように見えた。

「のうぜんかつらはわたしのところにもございます。この花があるおかげで夏から力を得られるような気がします。それにしても変わった造りののうぜんかつらですね」

花恵は思ったことを口にした。

「あれで、先ほどご覧になった画を描きました。実を申しますとここは一応菓子屋ということになっていますが、菓子は作っておりません。箱根からの茶菓をお得意様方にお届けするだけがわたしの仕事です」

茶菓を作る場所へ案内すると言ったからついてきたのにと、花恵は少しがっかりした。

「絵師さんでらしたのですね、お見それいたしました」

さきほどのかまきりが枝に乗ったのうぜんかつらの精緻な画は、実にさまざまな技法が駆使されていた。並々ならぬ修練の賜と見受けられた。

「ここです」

幸彦が部屋の障子を開けた。

すぐに目に入ったのは大きな神棚に供えられている一寸（約三センチ）ほどの赤い果実であった。

「これを漬けて作ったのが先ほどお飲みいただいた御酒です。京に暮らしていたわたしどものご先祖様はこのりんごを天子様のりうこうと呼んで崇めてまいりました。りんごはその昔りうこうと称されていたのです。古くは近江国（滋賀県）の浅井長政や最上義光（山形県）の好物であったとされています。天子様のりんごになったのは天明の飢饉の際、食べ物をもとめて、京都市中に溢れ返った人たちに対し、後桜町上皇から三万個のりんごが下賜されたからです。当時りんごは食用だけではなく、仏事用でもあったので天子様は飢餓の終結を切に願って下賜されたのです」

このように幸彦はりんごについて説明してくれた後、神棚に供えられているその一つを手にすると、更紗模様の着物の袖でさっと皮を拭っただけでがぶりと一口嚙んで食した。

「いかがです、花恵さん、さあ、あなたも――」

先ほどお美乃を見ていた時と同じ熱い目ではあったが、底には言い知れぬ冷たさが見えている。

「いいえ、結構です」

花恵は俯いて断った。

「そうおっしゃらずに。酒よりも新鮮な分、清々しくて美味です」

「結構です」

「遠慮なさらず――」

幸彦の息が花恵の顔に降りかかってきた。甘いりんごの匂いである。

「花石榴はこの上なく美しいが実をつけず悲恋の哀しさがあって、わたしはとても好きにはなれません。ですからこの小さくて可愛らしく可憐なりうこうがいい。どうです？　りうこうがわたしとあなたを結びつけてくれるとは思いませんか？」

花恵は黙って首を振った。

「嘘はいけません」

幸彦は微笑んだ。

「どなたか深く想う方でもいるのですか？」

相手の唇が花恵の額に触れかかった。

「止めてください」

花恵は跳ね飛ばすような語勢で告げると部屋の外へ飛び出した。

廊下を走ってお美乃の休んでいる部屋の障子を開けると、

「わたし、どうしてた？」

8

すでにお美乃は目を覚ましてほつれ毛を直していた。

「疲れてたんじゃない？　それにあのりんご酒美味しかったし――」

花恵の言葉に、

「わたし、どのくらい飲んだ？」

「盃に四、五杯ぐらい」

「それで酔い潰れちゃったんだ、わたし。やだあ、みっともない、きっと嫌われたわよね」

お美乃は両袖で顔を被ったかと思いきや、

「花恵さんは飲まなかったの？」

お美乃の語尾が尖った。

「わたしは一杯だけ」

「ふーん、飲んだことは飲んだのね」

「わたしはお酒、そんなに強くないから」

「あら、そう。わたし、実はうわばみの父親の血を継いでて、いける口なのよ。断然、甘酒よりも白酒が好き。だから――」

さすがにお美乃はそこで口をつぐんだが、その目は疑っていた。

「さっき花恵さん、廊下から入ってきたわよね。ってことはここにいなかった。まさか幸彦さんと一緒だったんじゃない？」

「幸彦さんは絵師さんだそうでお部屋を見せていただいたのよ」

花恵は応えた。

そこへ幸彦がお美乃のために冷茶を持ってきた。

「りんご酒とはいえ、夏の昼酒は酔いやすいものです。これを飲めば気分がよくなりますよ」

幸彦の物言いは優しく労りに満ちている。

「花恵さん、勝手口の井戸水でお美乃さんの額の汗を拭くための手拭を絞ってきてくれませんか？」

幸彦は何事もなかったかのように花恵に頼んだ。

言う通りに持っていくと、

「少し絞りが甘いですね。これではせっかくの白粉《おしろい》まで流れてしまいます」

幸彦は自ら絞り直す。

「ありがとうございます」

お美乃はうれしそうに微笑み、

「わたしとしたことがお恥ずかしいですわ」

などと言って頬を染め、

「ああ、花恵さん、ありがとう、ご苦労様」

と素っ気ない物言いをした。

その様子は如何にも花恵に先に帰れと言わんばかりであった。しかし花恵は帰らなかった。

――多少とはいえ幸彦さんに想いがあるお美乃さんにあたしのようなことが起きてはいけない――

幸彦の家からの帰り道、お美乃は、

「いいわね、花恵さんは夢幻先生と一緒のことが多くて」

とぽつりと洩らした。以後二人は無言であった。

お美乃と別れて花仙に戻った花恵の胸の中はもやもやと憤懣やる方なかった。

――どうして、わたしがこんな思いでいなきゃいけないの？――

お貞に聞いてもらいたくて出向こうとしたが止めた。

――男前で自信家の幸彦さんは女の心と体を思い通りにするのが趣味なのだわ。

特別な想いなんて誰にも向けない。向けるとしたら自分自身にだけ。お父様にべたべたに可愛がられて、清々しい信念のあるお医者のお兄様に守られ育ったお美乃さん、気がつかないのかしら？　絶対深く傷つく相手だから、もうこれ以上、幸彦さんに想い入れてほしくない。といってわたしからの忠告なんてたとえ仲立ちがお貞さんでも、聞く耳持ちっこないし――

花恵がひたすら案じ続けていると、

「俺です」

晃吉が入ってきた。

――まだ、のうぜんかつらの苗作りには間があるはずだけど――

「何か頼んでたかしら？」

それでも額から汗を流している相手を見ると、花恵は冷えた麦湯の入った湯呑を差し出した。

「中々ねえ、慣れない仕事ってえのはむずかしいもんっすよね」

麦湯を飲み干した晃吉は両の手を開いて見せた。掌も甲も黒い。土が染みこんだ植木職の黒さとはまた別で、とにかく真っ黒に染まっていた。

「これも、夢幻先生のお頼みなんですよ。親方には白い夾竹桃、俺には持ち手付きの真っ黒な籐の持ち籠を二籠みつけて来いっておっしゃったんすよ。親方の方はいいですよ、白い夾竹桃は染井も今が盛りですから。けど取っ手の付いた普通の籐の持ち籠なら売ってても、真っ黒なのなんてありゃしません。親方ときたら仕事は多少休んでもいいから探せっていうもんで。仕方なく染め物屋に奉公している友達に相談しました。墨汁で黒く染めるのなら何とかできるかもって。でも、そんな妙な仕事、奉公先で昼間やるわけにはいかないから、仕事が退けてから家でやるしかないんで、手伝うってことになりました。洒落じゃなく、隅から隅まで真っ黒にするのって根気が要るんだってわかりやした。一度や二度墨汁に漬けて染めたって、真っ黒になりゃしません。何度繰り返したことか——。その上、こいつを乾かすのがまた大変で」

相変わらず晃吉の話は愚痴めいていたが、花恵は夢幻の計画が何かを摑みきれなかった。

「これですよ」

背負い籠から出された漆黒の持ち籠は、たしかに花恵の目に異様に映ったものの、今まで見たことのない新鮮さがあった。

「これと親方が届けてあるっていう夾竹桃をこれから夢幻先生のところへ運びます。しっかし、疲れたなあ」

そうぼやいて晃吉は水から揚げた夾竹桃の束を背負い籠に入れて花仙を去った。

その後、彦平が訪ねてきた。

「明日はひめゆりと長吉の初七日の法要があります。その次の日、旦那様が増子屋勘兵衛宅、庄内屋紀美宅を訪ねますので、ぜひ同行をお願い申し上げます」

「同行せよと言われても何をしたらいいか——」

花恵はお美乃のこともあって同行がやや憂鬱になってきた。

すると彦平は、

「旦那様は花恵様の人を見る目、人の一瞬の今までと異なる表情等への感知を非常に買っておいでです。花を見て活けることにもつながるとおっしゃって。心眼とでも言うべきものですかな」

丁寧に説明した。

「それならそのように直にご指示くだされればよろしいのに――」

機嫌のよくない花恵は食い下がった。

「そんなことをせずともあなたならわかる。いや、わかろうとせずともわかってしまうと旦那様は思っているのだと思います」

「そんな力、わたしにはありません」

花恵が怖《お》じ気《け》づくと、

「なに、そんな風にご自分のことを思われているあなただから何もお伝えしないのでしょう。あなたは見込まれているのですよ」

彦平は励ますように微笑んだ。

9

翌日、初七日の法要は早朝、夢幻が花慈寺へ赴いて一人で済ませた。

「旦那様が染井の親方や晃吉さんに頼んでいることを耳にしまして、わたし、こんなものを作ってみました」

　彦平は手にしていたいびつな形の風呂敷包みを解いた。

「まあ——」

　花恵は晃吉が見せてくれた黒籠そっくりだが、それよりやや小さめのものに、白い夾竹桃が活けられているのを目にした。

「黒籠はこの通り、なんとかなりましたが、白い夾竹桃は知り合いのを少し分けてもらいました」

　彦平の爪の間もまた黒い。

　——黒い持ち手付きの黒籠から葉と枝の付いた白い夾竹桃が溢れ出ているかのように活けられているけど、剣山や水盤の代わりはどうしたのかしら？——

　剣山とは活け花の道具で花の根もとを固定させるために、鉛等の金属の上に太い針を上向きに多く植えたもので、水盤もまた活け花に欠かせない陶器製・鉄製の浅く広い容器であった。

　彦平は、

「実は難儀したのはこれなんですよ」

と言って黒籠の中を花恵に見せた。

ギヤマンの瓶に水が満たされて短めに切られた夾竹桃が何本か挿されている。

「まあ、どうってことはないんですけどね。思いつくようで思いつきません。さすが旦那様です。黒籠活けですからあり合わせの花器になってるギヤマンがちらとも見えません。この黒籠と白い夾竹桃の組み合わせに旦那様の目論見があるような気がいたします」

彦平が帰って行った後、花恵は座敷に黒籠ごと白い夾竹桃を置いた。黒と白、弔事の印である。夢幻は初七日の法要の翌日、二人がそれぞれ夫婦になろうとしていた相手方に乗り込むつもりであった。

――絆はこれから強くなるので今はまだ許婚同士、当人たちが死んでしまえば家族でもない、親戚でさえも――。考えてみれば不思議な縁で結ばれている人たちだわ。その縁が死で断ちきられてしまった今、どんな形の供養をして行くおつもりなのかしら？――

花恵には夢幻の訪問を受ける当事者たちの気持ちが今一つはかりしれなかった。

――ほんとうに苦しいほど悼んでいるのなら、夢幻先生と活け花の供養を待つのではなく、初七日の法要に連なりたいと懇願するのではないかしら？　少なくともひめゆりさんのお相手の増子屋勘兵衛さん、蠟燭屋庄内屋の娘さんのお紀美さんは――

日頃から夢幻の訪問は競争相手の他の流派や静原本家以外の市中の人たちの垂涎《すいぜん》の的であった。よほど高位からの有無を言わせぬ命でない限り、夢幻は滅多に人を訪れず、その滅多にない訪れには活け花が付きものであった。夢幻が活けた花はいずれ朽ちても使われている花器に相当な価値が残ったのである。

――ただし、大層なお金をかけて花魁道中でひめゆりさんの花道を飾った上で、落籍すのだという増子屋勘兵衛さんの方には殺しの疑いはなさそう。あるとしたら身代狙いの人たちね。親戚の可能性もあるけど古株の大番頭なんかも。あ、いけない、勘兵衛さんについて幾つか聞きそびれた。先妻が亡くなり、子たちがいるのならひめゆりさんは増子屋にとって有り難くない後妻ってことになる。でも、それは男の子がいないから？　違うわね、女の子でもお婿さんをとればいいんだから――

そこまで考えを巡らしたが、

――ここまでいろいろ考えると誰が下手人なのかなんてこと、もう、雲を摑むような話じゃないの？——

花恵は頭を抱えた。

翌朝、花恵は定められた刻限に夢幻の屋敷へと急いだ。

——どうせ、わたしが白夾竹桃の黒籠を持つことになるのだろうな——

そう覚悟していたのだが、

「よろしく頼みます」

夢幻は背後の二人に告げた。

二人ともほっかむりをしている。一人は彦平だがもう一人は青木秀之介だった。

二人とも従者のいでたちである。籠に白夾竹桃が活けられている黒籠を入れて背負った。

夢幻と花恵は常のように歩いている。後ろの二人は白夾竹桃の黒籠を極力揺らさないようにゆっくりと進んでいた。

「ま、相対死にを装って殺された二人の成仏できぬ霊が下手人へと導いてくれるであろう」

夢幻はきっぱりと言い切ると、

「それとは別にあなたは霊は誰の後ろに立つと思いますか？」

さりげなく訊いてきた。

「老舗骨董屋の増子屋勘兵衛さんはやっと念願が叶ってのひめゆりさんとの婚礼となるのですし、勘兵衛さんは先生がひめゆりさんとの間を取り持たれたお方、ひめゆりさんを亡き者にする理由があるとしたら、身代を狙ったお身内の方々ではないかと思います。蠟燭屋庄内屋さんの方も同様です」

花恵はあえて庄内屋の娘のお紀美に別の相手がいたのではないかという疑念は口にしなかった。

するとと夢幻は、

「骨董屋増子屋も蠟燭屋庄内屋も構えはそれほどではないが、この業種の商いでは一人勝ち、権現様以来のたいした老舗だ。蔵には江戸開府時の金銀貨幣までもがどっさり眠っているのだという話もある。身内が本家筋に何かと欲を出したくなるのもわからぬではない。ところであなた、庄内屋の娘お紀美に男がいたとは思わなかったのですか？」

花恵が隠そうとした疑いを向けてきた。

「そんなことはとても――」

言葉に詰まった花恵に、

「そうですねえ、それでは色蠟燭で庄内屋をさらに肥やした長吉があまりに不憫です」

と夢幻が言った。

長吉は蠟燭職人として卓越した腕前があり、庄内屋では長吉の発案で仏事等の灯明に用いる白無地の蠟燭の他に、花や四季の行事を描いた色蠟燭を売り出して急激に商いを膨らませてきていた。

そんな話をしているうちに一行は庄内屋に着いた。

「ちょっと待って。あなたは一緒に」

やにわに夢幻は庄内屋の裏手に回り、塵芥《ごみ》箱を開けた。素早い動作で中を漁る。

自然に花恵の身体も同様に動いた。夢幻が塵芥の中から何かを掴み取って掲げた。

――あっ――

花恵は声を上げそうになって堪えた。絵付けされた蠟燭が捨てられていたからである。〝相思相愛長吉、紀美〟と色の付いた字が並んでいる。

――長吉さんの新作は自分たちの幸せのお裾分けだったのね――

花恵はこみあげてくるものを何とか抑えた。

「さて、それでは行くとしますか」

夢幻はその蠟燭を懐に入れると庄内屋の中へと入った。花恵も続き、二人は庄内屋の客間へと招き入れられた。

客間は畳こそ青く座布団の座り心地も悪くはなかったが、調度品の類いは床の間に掛け軸さえ掛けられていない。がらんとしている。待たされている間、茶や菓子は運ばれてこない。

主の庄内屋紀右衛門が入ってきて座った。痩せて小さな髷に白髪も目立ち、年齢《とし》よりも老けては見えるものの、皺深い顔の中に嵌まっている細い目が油断なく光っている。全体の枯れた風体にはふさわしくないその目は欲得にぎらついていた。

夢幻が名乗って弔問の言葉を述べると、

「これはこれはご丁寧に。世に知られた静原夢幻先生にお訪ねいただくとは痛み入ります。あんな悲運に見舞われてからずっと伏せっている娘お紀美も草葉の陰の長吉もきっと喜んでいることと思います。恥ずかしながら当家は蠟燭作りだけに精進してまいった無粋な職人の家です。ご高名な先生においでになっていただいても、何のおかまいもできず申し訳ございません」

紀右衛門は顔をほころばせたが、よく光る目は少しも笑っていなかった。

「どうか、これを」

花恵は庄内屋の前で彦平から渡されていた白夾竹桃の黒籠を包んである風呂敷を解いて相手に差し出した。

10

——えっ？　どうしたの？——

この瞬時、紀右衛門の表情が引きつり、顔が真っ青になった。幾分身体も震えているように見えた。夢幻は薄く笑っている。

「ありがとうございます」

紀右衛門は何とか持ちこたえて危ない手つきで白夾竹桃の黒籠を床の間に飾った。

「結構なお品を——」

言いかけて絶句した相手に、

「この夢幻が活けた一世一代の供養の花、さぞかし長吉とやらも喜んでくれていることでしょう」

夢幻はふふふと含み笑いをすると、

「これも良き供養になりましょう」

懐から〃相思相愛長吉、紀美〃の色蠟燭を取り出して白夾竹桃の黒籠に添えた。

「それからまだまだ、供養の品はあるようですよ」

夢幻のその言葉を待っていたかのように、障子が開いた。ほっかむりを外した青木はまだ町人の形《なり》ではあったが、赤い房の付いた十手を握って紀右衛門に迫った。

「店の者に確かめた、これを覚えておらぬとは言わせぬぞ——」

青木の左手は猪を模した象牙の根付けを掲げている。

「おまえの干支《えと》であろうが」

「亥《い》の年生まれはわたし一人ではございません」

紀右衛門はふてぶてしく首を横に振った。

「しかし、先ほど長吉の仕事場を調べて見つけた。それでも白《しら》を切るのか？」

青木は怒声を上げた。

「まあ、まあ、お役人様――」

夢幻はまたしてもふふふと笑って、

「ここは香りで思い出していただいてはいかがでしょう。ここにある夾竹桃で香を焚くと、きっと香しい死の香りを聴くことができましょう。ただし、わたくしはご遠慮いたします。まだ死にたくはございませんので」

立ち上がって床の間の白夾竹桃の黒籠を手にした。

「これ以上の供養はあり得ないと信じまして、香炉もご用意いたしてまいりました。庄内屋さんは近く商いに行き詰まった香木屋の借金を肩代わりして、新しい商いの香木屋を開かれるおつもりなので、この供養香はそちらの商いの門出にもなりましょう。めでたし、めでたし――」

両手を打ち合わせると、

「それでは早速――」

まだほっかむり姿の彦平が黒籠から白夾竹桃を取り出して枝を折り、火をつけ香炉に載せようとした。

「こんなところで、そんなものでわしは死なぬぞ、死ぬものか」

紀右衛門はのけぞって自信たっぷりに大笑いした。

「ならばこれならいかがです?」

夢幻は袖から薄く切って干した夾竹桃の枝を取り出して見せた。

「そ、それは──」

紀右衛門は絶句した。

「語るに落ちたとはこのことだ。おまえが仕事部屋の長吉を殺した時のものとほぼ同じ代物のはずだ」

夢幻は叫ぶように言い、

「そして亥年《いどし》のおまえの根付けが長吉殺しの場所に落ちていたとなれば、もう逃れようはない。神妙にしろ」

青木が声高に言い渡すと、すでに呼び寄せていた奉行所の小者たちが庄内屋紀右衛門に縄を打った。

「お、おとっつぁん」

げっそりと窶れたお紀美がよろよろと這うようにして姿を見せた。話を聞いていたのだろう。

「そんな酷いこと、どうして？　おとっつぁん。どうして？」

呆然自失のお紀美はその場にくずおれかけたが、

「大丈夫、しっかりして」

花恵が駆け寄って、これ以上ないほど悲嘆にくれたお紀美を抱き止めた。

紀右衛門は、

「長吉が守り立ててくれるまでは老舗の意地で、世間には見せまいとしていたものの、いつ店仕舞いをしてもおかしくない苦しい商いだった。だが、長吉のおかげで成功するとまたぞろ欲が出た。この色蠟燭の売り上げも一時の流行だから、そう長くは続かない。それならいっそ高価な蠟燭よりももっと高価な手堅い香木屋の商いもやってみないかと誘われた。これがまさに魔だった」

そこで一度言葉を切った。

「わたしを誘ったのは上方から来ていた同業者で、庄内屋《うち》を訪ねてきた。そこも蠟燭屋に加えて香木屋商いを始めて、たいそう安定したいい羽振りとなり、このまま何代も左うちわだろうという。茶道具の絶品を揃えている増子屋さんの仲介だったのでつい信じてしまった。信じたとたん、わたしとしたことが欲のたがが外れてしまった」

紀右衛門はふうと絶望のため息をついた。

「長吉の〝相思相愛長吉、紀美〟も売れるに違いないとは思ったが、どこか、主のわたしをないがしろにしているようにも思われた。奉公人のくせにという思いが頭をもたげてきた。何より、男手一つで育ててきた可愛い娘をわたしから奪おうとしている。本当はこれも気に食わなかった。律儀で仕事熱心でそこそこ男前の長吉にいつしか憎しみを抱いていた。わたしなど庄内屋の何代目かというだけのことで、長吉のような蠟燭作りの技もこれといった商才も持ち合わせていない、それゆえの歪んだ想いもあったのだ」

するとと花恵に抱きかかえられて聞いていたお紀美は、

「おとっつぁん、何でそんなことを――それだけのことで何であたしの大事な長吉さんを――。酷い、酷い、酷い、あたしも死にたいっ、どうせならおとっつぁん、あたしも殺して」

紀右衛門に向かって意外にたしかな足取りで突き進むと、両手で父親の肩を摑んで揺らし続けた。

「馬鹿、馬鹿、馬鹿っ」

「お紀美さん、もう、そのくらいで」

花恵が止めさせると紀右衛門は先を続けた。

「わたしは自分の力でこの庄内屋の先々を揺るぎないものにしたかった。ここの婿なら手代など添わせずとも、もっと格式の釣り合う、商いでも助け合える相手がいると香木屋に囁かれ、焚くと毒煙が死をもたらすという、乾いた夾竹桃の枝を渡された。この香りを聴いていると色蠟燭のいい案が浮かぶはずだと偽って、仕事部屋の長吉の命を奪った。後はずっと香木屋の言いなりだった。川に飛び込んだように見せるために、長吉が後生大事に持っていた当たりくじを橋に置いたりもした。その後のことは知らない。ひめゆりと相対死にしたと聞かされて驚き戦《おのの》いた。欲に溺れて人の道を外れたことに後悔はしている。けれども、もう一度同じことがこの身に迫ってきたら、躱せるかどうかはわからない。お紀美、許してくれとは言わない、今ここで親子の縁を切ってくれ。わたしはおまえの父親にふさわしくなかった。申し訳なかった。この通りだ」

紀右衛門は娘に向かって畳に自分の額をすりつけた。お紀美のすすり泣きだけが、ずっと響き渡っていた。


この後夢幻は、ひめゆりを身請けするはずだった増子屋勘兵衛のところへ廻った。

「勘兵衛さんのところもやはり、ひめゆりさんの増子屋入りを快く思わない親戚の方々の仕業なのでしょうか？」

花恵が訊くと、

「はて——。わたくしは増子屋に親戚連中など呼んではおりませんよ」

と夢幻は応えた。

増子屋は名工が建てたと思われる総檜造りの瀟洒《しょうしゃ》な屋敷であった。増子屋の商いは大名や豪商などの裕福な人々に限られていて、主に茶道具が取引されていた。

出迎えてくれた勘兵衛は庄内屋のお紀美と変わらない憔悴ぶりではあったが、

「まだ蔵に灘の下り酒が残っている。一つ、ひめゆりのために飲んで行ってくれ」

と言って夢幻を誘った。

遊女を盛大に落籍す男だと聞いていた花恵は、勘兵衛が夢幻とあまり変わらない年齢だったのが意外だった。知り合いと言っても、でっぷりと肥えた如何にも富裕そのものといった年嵩の男を思い描いていたからである。目の前の勘兵衛は身の丈もすらりと高く、逞しい身体つきで、目の下の隈さえなければ晴れ晴れとした男前であった。

――こんな方に惚れ込まれていたひめゆりさんは幸せ者だわ――

「いや、とても酒を飲む気になぞなれない。止しておく」

そう言ってから夢幻は、

「これを」

花恵の手から夾竹桃の黒籠を取って相手に渡した。

「なるほど」

不思議なことに勘兵衛は、

「白い夾竹桃がこれほど美しいとは思わなかった。黒い籠にもよく映る」

ふっと笑みをこぼした。しかし、その目は泣いているように見えた。そして、

「ありがとう、いや、ありがたいというべきかな」

夢幻に向かって深々と頭を垂れた。花恵は夢幻が増子屋を訪ねて何もしなかったことが、ずっと不思議でならなかった。

三日ほど過ぎて、

「花恵ちゃん、大変。彦平さんが花恵ちゃんにも来てもらうようにって」

お貞が呼びに来て花恵は再び増子屋を訪ねることになった。店の前には彦平が待っていた。

「旦那様はここのお茶室です」

増子屋の茶室で待っていたのは主勘兵衛の骸であった。籠っていた茶室に夾竹桃が焚かれていて、手にしていた文には一言、「夢幻、すまない」とあった。目から流れ出た涙が頰に乾いてこびりついている。

「大事な方を続けて亡くされた旦那様が案じられてなりません」

彦平は悲痛な声で呟いた。

すぐに青木とその配下が到着した。勘兵衛の死に顔は安らかではあったが疲れ切っていて、自死の他に道はなかったろうと推測された。調べてみると千利休の銘品をはじめ多くの名だたる茶道具がしまわれていたはずの蔵がほとんど空だった。店の者の話では、以前からのようで、それゆえ勘兵衛はひめゆりの花魁道中を始めとする落籍すことに掛かる金子を持ち合わせていなかったものと見做された。ひめゆり殺しも含めて、そんな自身を恥じての止むに止まれぬ身の振り方であったと察せられるのであった。

夢幻はこの時しばらく増子屋に止まった。そして茶室の戸を開け放って夾竹桃の毒煙を追い出した後、もう一度勘兵衛が死んでいた場所に立って洩らした。

「蘭奢待、やはりな――」

11

こうしてひめゆりと長吉は相対死にしたのではなく、長吉は婿入りする奉公先だった主に、ひめゆりは落籍しようにも金子不足だった相手の見栄に殺されたという事実が明らかになった。

庄内屋紀右衛門は香木屋買いの仲立ちをした相手については、

「身形《みなり》もよくて鷹揚な感じでした。当人は近江商人だと言っていました。年齢の頃は白髪がありましたから四十歳にはなっていたはずです」

と言い、

「それから香木屋の主にも会わせてくれました。幼い頃に火事に遭ったとかで、片目と顔が焼け爛れているとのことで被り物をしていました。か細くて低い声でしたが、こちらは向こうの商いが左前だという思い込みがありましたので、気の毒だとは思っても疑いは寸分も持ちませんでした。金を渡して長吉を手に掛けてから、ぱたっと何も言って来なくなって騙されたのだと気づきました」

自らの浅はかな行いをすらすらと話した。そして、

「命ある限り欲に生きてしまう身ですから今は安堵しています」

安らかな微笑みを目に浮かべて刑場の露と消えた。こうして権現家康の頃から続いた庄内屋は取り潰しとなった。

許婚を殺したのがよりによって実の父親と知ったお紀美は心を病み、庄内屋の菩提寺に預けられている。お貞が献身的に慰めに通っていることもあって、長吉の後を追うことを何とか思い止まってはいる。父親の刑死はまだ知らされていない。

「お紀美ちゃんにどうやっていつ報せたらいいかわからないの。今、知らせたらまた後追いをしそうで。だからあたしに今できるのは、お菓子を届けて一緒に食べることだけ。食べ物に手をつけるのはあたしの作ったものだけだって、ご住職様が案じてるだけに届けずにはいられない。でもこの先、こんなことだけでお紀美ちゃん、ほんとに立ち直れるのかどうか――」

常は明るいお貞の顔にも翳りが見えた。

――こんな時に持ち出すのはおかしいんだけど――

花恵が文箱にしまっておいた夢幻からの文がなくなっているのに気づいたのは、増子屋勘兵衛が自死した翌朝のことであった。

「蘭奢待、やはりな――」

と呟いた哀しみが混じった寂し気な夢幻の横顔が妙に気になっていたからである。

――ああ、でも今のお貞さんはお紀美さんのためのお菓子作りで頭が一杯みたいだし――

花恵は文箱から夢幻の文が盗まれたこともお貞に聞いてもらいたかった。

――でも、先生からの文のことはまだ報せてないし、関わってるような気がしてならないのはわたしのただの直感。偶然だって考えるのが普通。でもやっぱり、あの時の先生のことが気にかかる――

「それとね、花恵ちゃん」

お貞は話を変えた。

「あたし、花恵ちゃんの首を絞めた下手人がまだ捕まってないのがすごく気がかりで仕様がないのよね」

「ずっと心配してくれてありがとう」

「きっとこれは花恵ちゃんもおかしく思ってることだろうけど、どうして増子屋勘兵衛さんはあんな死に方をしたのかしら？　お蔵のお宝がほとんどなくなってたっていうけど、骨董仲間の間じゃ、あれだけのお宝がどこに消えたのかが噂になって、瓦版も書き立ててる。賭け事に塡《は》まってたっていう話もなし。もちろん盗賊に襲われてもいない。そうなるといったいどこにお金を使ったかが謎よ」

「ひめゆりさんの世話をずっと何年もしてたんでしょう？　吉原の遊郭はたいそう高値だっていうから、向こうの言い値そのままに弾み続けた挙げ句なのでは？」

「ひめゆりさんに一目惚れした勘兵衛さんに拝み倒されて仲を取り持ったのは夢幻

先生よ。勘兵衛さんならお金が続くと見込んでのことよ。それだけ増子屋のお蔵はお宝そのものだったんでしょう。落籍すのにお金がなくて世間体が悪くなったから殺したなんて、とても解せない」

「たしかにひめゆりさんの方だって、あれだけ世話を受けててお内儀になると決めてたわけだから、勘兵衛さんから理由を話されれば、大金がかかる花魁道中なんてやらずに労苦を共にしたはずよね。ひめゆりさんってそんな感じの女《ひと》に思える」

「そうなのよね。でも、この手の理由を惚れた女に話せないのが男とも言える。そうだとするとやっぱりひめゆりさんを殺して自分も死んだ、言ってみれば無理やりの相対死になんだろうけど――」

お貞はそこで思わせぶりに花恵の応えを待った。

「この二人も殺されたってこと？　でも勘兵衛さんには書き置きがあったのよ」

「勘兵衛さんがひめゆりさんを殺すよう仕向けられた。それを悔いて死んだってこともあり得ない？」

「そんな――、二人は先を誓い合ってた仲のはずでしょ。まさか、勘兵衛さんには他に好きな女がいたとでも？」

──お紀美さんを一度は疑ったけれど、勘兵衛さんの方は考えてもみなかった。そうだとすると「夢幻、すまない」という書き置きの意味は深いものがある──

「お金が有り余るほどあってうるさい係累もなし、あの通りの男っぽい東男《あずまおとこ》の典型みたいな男ぶり、勘兵衛さん、もてて仕様がなかったみたい」

「なるほどねえ」

「それでもずっと勘兵衛さんは年季が明けたらひめゆりさんと夫婦になるっていう、夢幻先生との約束を守ってたみたいで浮いた話はなし。ただし、これは半年前までの話よ」

ここでまたお貞は思わせぶりに一度口を閉じた。勘兵衛が亡くなったことで増子屋が潰れて路頭に迷い、仕方なく料理屋で仲居をしている元奉公人の女に聞いた話だとことわってから続けた。

「半年この方、勘兵衛さんはどことまではわからないけれど旅が増えてる。花見や花火なんかにかこつけて奉公人を外に遊びに出すことが多かった。ひめゆりさんの方は勘兵衛さん以外のお客さんがいたから、少しばかり通ってくる日が減っても、〝仕事だから〟と言われれば不思議にも思わなかったはず」

「それ、もしかして夢幻先生に頼まれて元奉公人を探して聞いたんじゃない？」

花恵は問いた。

「恐れ入りました。実はそうなの。夢幻先生が勘兵衛さんに女の影を疑ってるのよ。彦平さんは度重なる親しい人たちの死に、先生の心が耐えられなくなってるんじゃないかって案じてたけど、先生は耐えるために断固真相を突き止めようとしてるのよ」

――たしかに「夢幻、すまない」の意味がわからない先生なんかじゃなかった――

「それとね、先生、妙なことをあたしに言ったのよ」

お貞の三度目の思わせぶりであった。目をぱちぱちさせている。

「何よ何？」

花恵はお貞を急かした。

「今、自分のことじゃないかって思ったでしょ、花恵ちゃん」

お貞が焦らす。

「花恵ちゃんの首を絞めた下手人がお縄になってないこと、先生もすごーく気にしてんのよ。一人住まいなんだし気をつけてやってくれって。あたしだって同じなんだけどね。そう言った時、先生、心配が過ぎて辻褄が合わないのに気がついてなかったみたい。ま、頼んだ相手があたしってこともあるか」

お貞はわははと笑い飛ばしてから、

「それはそうと、夢幻先生が言ってた活け花と茶の湯の会、あっと驚くこれまた不思議さよ」

また気を持たせた。

「いい加減、さっさと話して」

「あのね、その会って、前の活け花の催しみたいに、どっかを借り切った大がかりなものだと思ってなかった？」

「そうでしょうね。だからあれだけ茶菓にも凝って箱根から取り寄せてたんだし」

箱根という言葉を口に出したとたん、花恵の胸の辺りがずきんと痛んだ。

――お福さん――

「ところが呼ばれたのはたったの五人」

「五人だけ？」

「あたしたちだけと言った方がいいわね。あたしに花恵ちゃん、お美乃さんに青木の旦那、晃吉さん。あと箱根からお福さんがわざわざあの〝涼風〟と〝桐一葉〟の趣深い素敵な茶菓を届けて来て合流。もちろん弟の幸彦さんも一緒よ。総勢七人。何ともおかしな会だと思わない？」

「そうね」

相づちを打ったものの、花恵の胸中は複雑だった。

――お福さんに弟の幸彦さん――

「これには絶対あるわね、先生の仕掛けが。でも起こるまで決して見せてくれないのが夢幻流――」

――たしかにそうだわ――

花恵はなぜか練馬での無謀な闘いを思い出していた。

12

本来は華やかな席のはずで相応の支度で行かなければならないのだが、花恵はあえて秋の七草が描かれた草木模様を外した。少しだけ形式ばったところで着る、上質な麻の織が縞になっていて無地に見える控え目な単衣を身につけた。まだまだ日中は暑い。

――今日はお貞さんとは別々――

何か起きると案じているお貞は朝から夢幻の屋敷に詰めているはずであった。

――それにしても先生はどんな風にのうぜんかつらを活けるつもりなのかしら――

花恵は頼まれて昨日、のうぜんかつらを夢幻の元へと運んでいた。

――そして、今日お福さんが来る――

花恵は夢幻がお福を前にしてどんな風に振る舞うのか、覚悟はしていたものの、すでにもう心が血を噴いていた。

――行きたくない、見たくない――

そう思っている自分を、

――駄目じゃないの――

何とか励まして夢幻のところへ辿り着くと、

「お邪魔いたします」

背後で鈴を転がすような美しい声がした。

花恵はその相手を見た。

——花柘榴——

咄嗟に幸彦の三田の家の庭に咲いていた、華やかでありながら気品に満ちた姫御前のような柘榴の変種が想いだされた。

「夢幻先生にお招きいただいて参りました福と申します。わざわざお招きいただくほどもない、ただの菓子屋です。お口汚しとは存じますが、今日はよろしくお願いいたします」

お福は小さいがよく通るやや高めの声で挨拶した。

——姿だけではなく声まで美しい女。夢幻先生にどうしてもと望まれた女——

圧倒された花恵は、

「わたしは八丁堀で花仙という花屋を営んでいまして、先生にお花をお届けしております」

何とかきっちりとした挨拶を返した。

「母が活け花を教えていましたものですから、多少はわたくしも手慰みに真似事をいたしておりますが、先生の活け花を間近でみると素晴らしさがよくわかります。おそばにいられるなんて、箱根に居のあるわたくしにとっては夢のまた夢ですわ」

お福は微笑みながら言った。

――流暢な物言い。先生の文に書かれていた女とは印象が少し異なる。それ、年《と》齢《し》のせい？――

とはいえお福の見た目はあまり花恵と変わらないように見える。年上であったとしてもせいぜいが二十二、三歳であった。

こうして二人で夢幻の屋敷の中に入ると、すでに彦平の手伝いをしに詰めているお貞の他にお美乃がいた。この後、青木と一緒に座敷に入ってきた晃吉は、

「俺、青木の旦那と示し合わせたわけじゃないっすからね。門の前でばったり出会ったんす、偶然、偶然」

お貞に向かって言った。

夢幻が茶事を始めた。この日の夢幻は小さな白い百合と白桔梗の刺繍が裾模様になった空色の小袖を着流している。

〝涼風〟と〝桐一葉〟が供された後、夢幻の点前の茶を順番に飲んでいく。正座と

茶道の所作、最後の「結構なお点前でございました」という言葉が淡々と繰り返された。仕事柄、茶室の花を届けることもある晃吉は危なげなく茶事をこなしている。

「さて、次には庭なぞ眺める普通の茶事ではありません。わたくしの活け花をご覧いただきましょう」

夢幻は立ててあった屛風を取り除けた。

そこには縁台が置かれていて、その上にギヤマンのやや大きめな皿に水が張ってあり、火のような朱色ののうぜんかつらの花だけが敷き詰められるように浮いている。そして、大きな蓮の葉一枚が浮いているのうぜんかつらの日除けになっている図であった。

「蓮とのうぜんかつらの組み合わせが意外です」

お美乃が評した。

「外で咲いているのうぜんかつらはいささか暑苦しいと感じていたっす」

晃吉が思いついたままを言い、

「わたしもこの姿の方が好きです」

青木も共感した。

「夢幻先生らしいお作です」

お貞らしい褒め方に、

「ほんとうに」

花恵は相づちを打った。

その実、花恵は、

――蓮の葉は多すぎるのうぜんかつらを隠しているようにも、そっと労わっているかのようにも見える。あるいは蓮の緑が朱すぎるのうぜんかつらの花を窘めているようにも――

何やら夢幻のはかりしれない意図がこの活け花に込められているように感じられていた。

言葉を発していないのはお福と幸彦だけになった。端然と末席に座っているお福の方をあえて誰も、あの晃吉さえも見ようとはしていない。

――清らかさと妖艶さとの奇跡的な結実。この世の者とは思えない美女は見つめるにはあまりに眩しすぎる――

花恵も知らずとお福から目を逸らしていた。幸彦の姿が座敷から消えている。

「それではわたくしはふと心に浮かんだ昔話に代えて。その昔、ある天女がお酒を飲み過ぎた宴席でうっかり髪に挿していた簪《かんざし》を落としてしまいます。この簪がのうぜんかつらの花になったのだという言い伝えです。その後、のうぜんかつらは長く愛でられましたが、天女の方は簪をなくした咎《とが》で天上から地上に落とされて、それはそれは苦難に満ちた日々を過ごしたとのことでした。そもそもその簪がのうぜんかつらになったのは、天女自身がのうぜんかつらの精だったからだというのに――。蓮の葉がのうぜんかつらに覆いかぶさっているかのような活け方が絶妙で、そんな昔話を思い出させてくれるお作でした」

お福は夢幻の作品を讃える言葉でこう締めくくった。

――蓮の葉が冷たい地上で覆いかぶさって日が当たらず、のうぜんかつらの花は朽ちていく花の精だとでも？　違うでしょ。仏様の花にふさわしい蓮の葉は、強い日差しからのうぜんかつらの花を守っているはずよ――

花恵は奇異な話だと心の中で首を傾げた。

気がつくと束の間、姿を消していた幸彦が戻っていて、

「わたしの評はここの銀杏に設えさせていただいた活け花に代えたいと思います。

姉がこの日のために茶菓同様に心を込めた活け花です」

と告げた。

「それは面白い」

まずは夢幻が立ち上がり皆もそれに続いた。

お福の作品は銀杏の幹に釘が打たれて固定されていた。陣取りの形を想わせる素朴な焦げ茶色の籐製の籠に、つるにまとわりつくように咲いているのうぜんかつらの花が白い百日紅《さるすべり》と共にあしらわれていた。朱と白の色合わせが華やいでいる。

「姉の活け花も昔話があるのです。ある漁村に水難を防ぐために若い娘を海の神とされている竜に捧げる習わしがありました。生贄にされる娘を想う若者が命懸けで竜神と闘い、これを退治したものの、その間に娘は流行病で亡くなってしまう。失意の若者の涙が百日紅の花木となって白い花を咲かせ、まるで寄り添うように、のうぜんかつらがつるを伸ばして鮮やかな朱の花を開かせたということです」

話し終えた幸彦は銀杏の幹の活け花とお福とを交互に見つめている。

「残念ながらそれには百日待ちが抜けている」

夢幻が静かに言い放って続けた。

「その話は共に花になって結ばれることになっているが違う。そもそもは百日紅の花にまつわる悲恋話だ。竜神退治のために村を留守にして海へと闘いに出た若者は娘と百日後の再会を約束する。ところが百日後に敵を倒して戻ってみると娘はすでに死んでしまっていた。慟哭した若者の涙が土に染みて二本の木々が伸び、紅白の花を百日間も咲かせ続けたという。それを見た村人たちはこの紅白の花は娘の切ない恋の化身であるとして、〝百日紅〟の字を当てた。そもそもこの花木はすでにあって、幹がつるつるしていて猿も滑り落ちかねない〟ことから、サルスベリと呼ばれていたのだ。〝百日紅〟は紅白、桃色と咲く色があるが、のうぜんかつらは朱色一色。白い花などつけはしない。だから今のその話はのうぜんかつらのものではない。辻褄合わせの偽りの話だ」

夢幻はお福を見据えた。その目には苦悩の色があった。

13

「やはり、桔梗《ききょう》、あなたであったか」

夢幻の言葉に、

「はい、こうして、今一度その名で呼ばれることをずっと願っておりました。なのに箱根ではまるでお気づきになられなくて切のうございました」

お福の頬が染まった。

「いや、箱根のひまわり畑が荒らされていると聞き、近くで女の姿を見かけたという報せが入ったので足を運んだ。そこであなたと出会うとは思ってもみなかった」

「あれは、あなたにおいでいただくためにやりました」

「あなたにあげた蘭奢待が、あの茂みでも香っていたのだ。弟と二人で庄内屋を騙して長吉を殺し、持ち前の不可思議な女の魅力で増子屋勘兵衛を骨抜きにして身代を根こそぎ剝ぎ取るだけではなく、ひめゆりを殺させたのもあなただな」

夢幻の声が厳しく震えた。

「ええ、そうですとも。わたしですよ。わたしがやりました。あなたのそばにいて、すこしでも心を捉えている者たちを許せなかったんです。それにあなたにはわたしに借りがあるはずです」

「あなたたちの母御のことか？」

「やっとおわかりになったんですね」

お福は皮肉に微笑んだ。

「わたくしが知っているあなたは水茶屋の楚々《そそ》とした看板娘だった」

「あなたが静原夢幻流を引っ提げて市井に下られてから、活け花をささやかな暮しの糧にする者たちは次々に弟子と職を共に失いました。夫を亡くしてからというもの、活け花でわたしと弟を女手一つで育ててきた、わたしたちの母も同様の憂き目に遭い病に臥しました。あなたがまともに静原家を継いでいれば、母同様に無駄に生活の糧を失う者などいなかったはず」

お福の悲痛な訴えを、花恵は聞いているだけでつらかった。

「わたしが桔梗と名乗って水茶屋で働いていたのは母の薬代と、まだ幼かった弟を育てるためでした。そんなわたしの元へあなたは通い続けてくださった。わたしは複雑な思いの中でいつしかあなたを慕うようになりました。でも、あなたが通っていたのはわたしだけではなかった。遊女のひめゆりのところへも足しげく行っていた。わたしはそれが許せなかった」

「待ってくれ。わたくしはあなたもひめゆりも幸せになってほしいと切に願っていた。だから男と女ではなく、兄と妹のように接し続けたつもりだった」

「それもわたしには許せなかった。そしていつか、あなたが二度と立ち上がれなくなるような大きな痛手を与えたいと思い続けて、人には言えないようなこともして、とにかく辛い渡世をしてきたんです。童顔だった昔とはすっかり面変わりしていたんで、お福という仮の名を名乗ってあなたと再会しました。ですから――」

「止めろ」

突として、お福が花恵に飛び掛かって首筋に匕首を当てようとしたのと、夢幻が相手の前に立ちはだかったのとはほとんど同時であった。

「あなたがお福ではなく桔梗だと気づかぬわけがない。そこまでわたくしを恨むのなら、こんなことであなたの心に空いた穴が埋まるのならいっそわたくしを殺してはどうか？　桔梗という名が寂しげだと俺が言ったら、〝親がつけてくれた本当の名はお春で野暮ったい、桔梗の名の方が気に入っている〟とあなたは応えて明るく笑った。その時のあなたが真のあなただと思う」

夢幻の穏やかな口調は変わらなかった。

「夢幻先生はあなたのお菓子作りの才をとても買っておいでです。ただのお菓子ではなく心でも味わうことのできるお菓子として。ご自分の活け花に取り入れたいほどにです。あなたはこんなことをなさるような方ではないとわたしは思います。お願いです、もう、止めて」

花恵は自分の口が勝手に開くのを感じた。

「もう、遅いのです、何もかも」

桔梗は泣き声とも怒声ともつかない絶望の声をわーっと張り上げながら夢幻へと突進した。夢幻は避けずに血が迸《ほとばし》る左腕を押さえた。わーっ、もう一度桔梗が大声を上げた。その手にはまだ夢幻の血のついた匕首が握られている。夢幻は動かない。

「先生っ」

咄嗟に花恵は夢幻を押した。夢幻の身体が揺れて崩れかけた時、わーっとまた桔梗の声が上がって刃は花恵めがけて振り下ろされた。

この時、花恵は強い打撃を受けた。気がつくと倒されていて、目の前に桔梗とその弟の幸彦が抱き合うように刺し合って重なっている。夥《おびただ》しい血が流れだしてこと切れていた。

この結末を予測していたのだろう。幸彦から夢幻宛てに文が残されていた。

この日のためにとあなたへの復讐に身を焦がす姉の手伝いをしてきました。蠟燭屋の庄内屋紀右衛門さんを騙した仲介人である年嵩の近江商人にはわたしが成りすまし、火事に遭った香木屋の方は姉が頭巾を被って化けました。骨董屋の増子屋勘兵衛さんを色香で籠絡し、蔵の宝を貢がせたのも姉です。

そんな折、ある女に一目惚れして自分の人生は何なのかと自問自答するようになりました。急に復讐が空しくなりました。姉の裡にもきっとそんな想いはあったのではないかと思います。

ですのでわたしたち姉弟の最期は必然なのです。

二人が真の下手人であるとされて落着したものの、青木は桔梗と幸彦の暮らしぶりや母親に先立たれた後の姉弟の来し方も含めて疑問を抱いて調べ始めている。復讐を糧に世を渡ってきた裏には二人を便利な手先に使う等、巨悪が潜んでいる可能性があると見て、大本の悪へと行き着こうというのである。

実父による許婚殺しの現実に心身の均衡を失っていたお紀美は、紀右衛門の刑死、そしてこの一件の顚末を残らず聞いて己の道を仏門への帰依と定めた。

「お紀美ちゃんね、おとっつぁんだけではなしに、長吉さんやひめゆりさん同様花慈寺に葬られた桔梗さんや幸彦さん、はたまた別の菩提寺の増子屋勘兵衛さんの供養もするつもりなんですって。〝六人もの供養となるともう、掛かり切りになる他ないから尼さんになるんです〟って、微笑みながら言ってた。お紀美ちゃんのその顔、菩薩様に見えたわ――」

花恵に告げたお貞は胸を撫で下ろしていた。

「ところで、あの時、花恵ちゃんが桔梗さんに言ってたことって、あれ、あの女を思い止まらせるための方便だったんでしょ？」

お貞はそう信じ切っている様子だ。

「ええ、もちろん」

「だったら凄い。咄嗟にあんな言葉が出るなんて、やっぱり花恵ちゃん、夢幻先生のことよく知ってるのね。恋は何でも見通せる千里眼？」

「馬鹿なこと言わないで」

笑って躱しつつも花恵は夢幻を案じていた。

――常と変わらない様子をしているけれど、先生はひめゆりさん、桔梗さんを失って心の穴を広げている様子。実の父親に愛情をかけてもらえずに育った先生は、父親同様の愛を妹のような年齢の危うい少女たちに与えようとしてきて、それで父親から得られなかったものを取り戻している気だったのかもしれない。ところが今回、相手を死なせたり、復讐の的にされたりで、そうではなかったとわかって悲しむだけではなく、深いところで苦しまれているような気がする――

「それとね、花恵ちゃん」

お貞の詮索は続く。

「幸彦さんから夢幻先生への文、先生が青木様に渡されて、あたしはお母様から洩れ聞いたの。幸彦さん、一目惚れの相手がいたんですって?」

夢幻からすでに見せられていた花恵だったが、

「まあ、そうなの?」

もちろん惚けた。

「その相手って、花恵ちゃんのような気がする」

お貞は勘がいい。

「まさか、わたしはお美乃さんだと思うわ。一緒に帰ったりもしてたじゃない？」

「そうかな。あたしは花恵ちゃんであってほしい。どうしてかっていうと、あんな死に方をした幸彦さんのこと、花恵ちゃんならずっと覚えてるだろうからって思ったの――」

この時花恵はずしんと重い石を手渡されたような気がした。すっかり忘れていた幸彦の優しげな眼差しや微笑み、何より熱い息遣いを思い出した。

胸いっぱいに切なさが突き上げてきた。

――やはりわたしは夢幻先生からのあの文が失くなって惜しい。惜しくてたまらない。だってわたしにくださった宝物だもの。盗んだのはきっと桔梗さんだろうけれど、焼き捨てずにいたのならあの世から返してほしい。いいえ、きっとあの女はこの世で焼き捨てたとしても、あの世には持って行ったんだわ。わたしの裡で幸彦さんが生き続けてしまうように、夢幻先生は決して桔梗さんを忘れない。忘れたくても忘れられない。想いの貫徹。もしかして、これがあの姉弟が果たした究極の復讐だったの？――

恐るべき復讐愛に花恵は戦慄を覚えた。
中秋の涼風に早咲きの菊の香りが混じり始めている。

幻冬舎時代小説文庫

●好評既刊
和田はつ子
花人始末　出会いはすみれ

植木屋を営む花恵は、味噌問屋の若旦那殺しの下手人として疑われる。そんな花恵を助けたのは当代随一の活け花の師匠・静原夢幻だった。花をこよなく愛する二人が、強欲な悪党に挑む時代小説。

●好評既刊
和田はつ子
花人始末　菊香の夢

医者ばかりを狙った付け火に怯える骸医。金貸しが毒殺された事件に苦心する同心……。植木屋を営む花恵に舞い込む厄介事を活け花の師匠と共に解決する！　続々重版の大人気シリーズ第二弾。

●好評既刊
和田はつ子
はぐれ名医事件暦

医学の豊富な知識と並外れた洞察力を奉行所に買われ、変死体を検分することになった蘭方医・里永克生。死体から得た僅かな手がかりを基に難事件の真相を明らかにする謎解きシリーズ第一弾。

●好評既刊
和田はつ子
はぐれ名医診療暦　春思の人

江戸に帰還した蘭方医・里永克生は、神薬と呼ばれる麻酔を使った治療に奔走する。一筋縄ではいかない病と過去を抱えた患者たちの人生を、負けん気の強い愛弟子・沙織らと共に蘇らせていく。

●好評既刊
和田はつ子
お悦さん　大江戸女医なぞとき譚

出産が命がけだった江戸時代、妊婦と赤子を一流の医術で救う女医・お悦。彼女が世話をしていた臨月の妊婦が骸になって見つかった。真相を探るうちに大奥を揺るがす策謀に辿り着いてしまう。

花人始末《かじんしまつ》

恋《こい》あさがお

和田《わだ》はつ子《こ》

令和4年8月5日　初版発行

発行人——石原正康
編集人——高部真人
発行所——株式会社幻冬舎
〒151-0051東京都渋谷区千駄ヶ谷4-9-7
電話　03(5411)6222(営業)
　　　03(5411)6211(編集)
公式HP　https://www.gentosha.co.jp/
印刷・製本—図書印刷株式会社
装丁者——高橋雅之

幻冬舎時代小説文庫

ISBN978-4-344-43224-6　C0193　わ-11-8